私たちの文化祭

2-5
2-5

2-5
2-5

千歳朔［ちとせ・さく］
眉目秀麗、才気煥発な元野球部。
芯に熱いものを持つ。

柊夕湖［ひいらぎ・ゆうこ］
天真爛漫で誰からも慕われる少女。
一夏を越えて、大人びた女性に。

内田優空［うちだ・ゆあ］
穏やかで包み込むような優しさを
持った少女。料理が得意。

青海陽［あおみ・はる］
小柄で活発な体育会系少女。
女子バスケ部のキャプテン。

七瀬悠月［ななせ・ゆづき］
美しさと賢さをあわせ持つ少女。
女子バスケ部の副キャプテン。

西野明日風［にしの・あすか］
幻想めいた美しさを持つ先輩。
子どもっぽい一面も。編集者志望。

浅野海人［あさの・かいと］
仲間想いの体育会系男子。
男子バスケ部のエース。

水篠和希［みずしの・かずき］
多才かつ如才ないイケメン。
サッカー部の司令塔。

山崎健太［やまざき・けんた］
元・引きこもりのオタク少年。

上村亜十夢［うえむら・あとむ］
実はツンデレ説のあるひねくれ男。
中学時代は野球部。

綾瀬なずな［あやせ・なずな］
裏表のない明るいギャル。
亜十夢とよくつるんでいる。

岩波蔵之介［いわなみ・くらのすけ］
朔たちの担任教師。適当＆放任主義。

望紅葉［のぞみ・くれは］
あらゆる面で高スペックな後輩女子。
陸上部所属。

Chitose kun ha ramune bin no naka
千歳くんはラムネ瓶のなか
ちとせ
裕夢 [hiromu]
イラスト/raemz
8

プロローグ　千歳朔

月を隠した名前をもつあなたは、ありのままに映し出されることを嫌がる。

誰よりも美しく輝いているくせして、
誰よりも美しく在ろうとしているくせして、

——心はいつだって鏡に背を向けたままの間違い探し。

誰よりも誠実に向き合っているくせして、
誰よりも誠実にヒーローで在ろうとしているくせして、

——心は頑（かたく）なにその見返りを恥じてしまう。

そういうあなたの隣に相応（ふさわ）しい女でいたいと望んでいた。

――私は七瀬悠月だ。

誇れるいまがあるのは、あの日あなたがすくってくれたから。
言い切れる強さを手放さずにいられたのは、あなたがこの気持ちに名前をくれたから。
在り続けたいと背筋を伸ばすのは、どうか千歳朔の正しさを証明できるようにと祈ったから。

それでも意地っ張りな美学は人にばかりやさしくて、似たもの同士でいたいと願うほどに一途な想いはすれ違ってしまう。

だからもしも気高く在ろうとするほどこの恋が偽物に染まっていくならば、
だからもしも美しいままではやり過ごせないのが本物の恋ならば、

――だからもしもあなたにさえ千歳朔でいられなくなる夜があるのなら。

七瀬悠月と引き換えに差し出せる、たったひとつのお返し。

――私の月を、あなたにあげる。

一章　月翳のエンドライン

遅咲きの花火みたいな曼珠沙華に塗りたくられたむき出しの赤がやけに胸をつくと思ったら、ああそうか、あれはあの日あなたに捧げた一輪挿しの心だ。

しとりと凪いだ愛想を装いながら、ときおり秋波を送るように濡れた睫毛の影を揺らす。

その移ろいがじれったいぐらいに初心で、きれい、と恥知らずに微笑った私を私が嗤った。

いつからプラスチックの造花にすり替わってしまったんだろう。

彼岸に我が物顔で立ち並ぶふてぶてしさも、偽物の恋みたいなけばけばしさも、そのくせ指先ひとつで手折られてしまいそうなたどたどしさだって、まだ名前のついてなかった気持ちを隈なく染め上げてくれた私だけの皐月模様だったのに。

――かさり、とローファーが秋を鳴らした。

それで否応なしに認めてしまう。

あっけなく私たちの九月が終わり、また誰かの十月が巡ってきていた。

ふとあたりを見回せば、あわてんぼうの木々が陽の当たっているところからほのかにせっかちに色づき始めている。

足下には乾いた落ち葉が点々と並び、絨毯と呼ぶにはまだ早いささやかな彩りを河川敷の道にあしらっていた。

疑いようもなく私たちはまた、空にめいめいひしめく雲の群れみたいに次を急かされている。

追い立ててくるのは冷たい北風か、訓練された牧羊犬か、狩人の月か、それでも。


――まだ紅葉の出る幕じゃないよ。

この舞台に相応しいのはあの華ともあの子とも違う、誘われるような毒りんごの赤だから。

*

びん、と弾いた指先の薄皮が浅く切れてこわばった肩の力を抜く。

ずいぶんと長いあいだ集中していたらしい。

スマホのディスプレイをタップすると、時刻はほとんど真夜中に差しかかっている。

私、七瀬悠月は左手の親指と他の指をそっと擦り合わせてから、自室の隅に置いてあるバスケットボールを手に取った。

ぴたりと吸いつくような感覚に、どこかほっとしてその表面を撫(な)でる。

口の中がずいぶんと乾いていることに気づき、ペットボトルに半分ほど残っていたミネラルウォーターをひと息に飲み干した。

そのままフィンガーティップやボディーサークルといったハンドリング練習を手遊(てすさ)び程度に軽くこなすと、まるでボールが自分の身体(からだ)の一部になっているみたいに位置も、重心も、ロゴの向きさえ見るまでもなく感じとれる。

あの日、雨音の響く体育館で東堂(とうどう)に挑んだ１ｏｎ１をきっかけにして、私のバスケは明らかに変わった。

もちろん、窮地に陥って隠れた力が覚醒(かくせい)するだなんて、そんな都合のいいことは起こらない。

どちらかと言えば無意識のうちに隠していた力を出し惜しみしなくなったというほうがしっくりくるし、だからこそ、やっぱり、こわい。

私はもう七瀬悠月(ななせゆづき)の底をさらしてしまった。

両腕でぎゅうっとボールを抱きしめたまま、ごろんとベッドに寝転んで天井を見る。

私が最後のスリーを決めたあと、いつも飄々(ひょうひょう)とつかみどころのない東堂は背筋がぞっとする殺気を漂わせ、必ず狩ると誓った獲物を品定めするようにこちらを睨(にら)みつけてきた。

対照的にウミは、遠足のバスに乗り遅れた子どもみたいな様子で哀しみにも怒りにも寂しさにもたどり着けずぽつんと途方に暮れていたけれど、いつまでもそれだけで終わるほど殊勝なやつじゃないってことは骨身に染みている。

このあいだの１ｏｎ１は我ながらほとんど不意打ちみたいなものだ。

東堂が、ウミが、七瀬悠月の底を理解したうえで真っ向から潰(つぶ)しにきたとき、それでもまだ切れるカードは残されているんだろうか。

それから、いや、それよりも……。

もう一度ぎゅっとボールを抱いてからベッドに転がして立ち上がり、窓を開ける。

しんみりと忍び込んできた空気が想像よりも冷たくて、無意識のうちに両腕をさすった。

秋の夜の匂いだ、と思う。

雨上がりの公園みたいに湿っていて、そのくせアスファルトを転がる松ぼっくりみたいにかさかさ乾いていて、どこか古びた図書館に似ている。

なにかが色めき、やがてなにかが枯れ落ちていく季節。

不意にばくんと動悸(どうき)が始まった感覚に囚(とら)われ、私は思わず胸を押さえる。

ずぶ濡(ぬ)れの屋上が脳裏をよぎり、またかとうんざりして首を横に振った。

わざとらしく息を吐いたら、臆病風が白花色(しらはないろ)に染まって星空へ溶けていく。

あれからずっと、おやすみの代わりに考えてしまうんだ。

――私の本気は、あの研ぎ澄まされた覚悟に届くのだろうか。

＊

十月第一週の金曜日。

ホームルームを終えた放課後、二年五組のクラスメイトたちは誰ひとり帰ることなくそのまま教室に残っていた。

私をはじめとした応援団の面々も可能なら今日はこっちに参加してほしいと頼まれていたので、向こうは基本的に休みで希望者は自主練ということにしてある。

けっきょく、文化祭で行うクラスの演劇はなずなへ任せっきりになってしまっていた。

ときどきグループLINEで手伝いは必要ないか確認していたけれど、上村の手綱をうまく握りながらまとめ役をこなしてくれているみたいだ。

もっとも、自分から前に出ようとしないだけで、その気になればまわりに目を配りながら要領よく立ち回れることは夏休みの小旅行で実感していたから、とくに驚きはしない。

そんなことを考えていると、なずながぱちんと手を叩いた。

なんとなく談笑していたクラスメイトたちの視線が壇上へと集まる。

なずなは元気よくびしっと右手を上げ、

「はいはいみんな注目ぉーっく、見て見てー！」

いつもより高めのテンションでなんだか耳覚えのある台詞を口にした。

「ちょっとそれ誰のまねッ?!」

すかさず夕湖がつっこみ、その答えを察したクラスメイトがどっと沸く。

確かに似てる、と口許に手を当ててくつくつ笑った。

こういうところは私のよく知っている夕湖と変わってなくて、少しほっとしてしまう。

ちらりとその横顔に目をやると、まだ見慣れないセミロングの髪をくすくす揺らしていた。

いい感じに場を温めたなずなが、仕切り直しとばかりに口を開く。

「という冗談はさておいて」

言いながら、なにやら足下に置いてあった段ボールをがさごそ探っている。

それからぺりぺりとビニールを剝がすような音が聞こえたあと、

「じゃーん、クラTできたよっ！」

あはっと胸の前でさわやかな空色のTシャツを広げた。

「「「「おぉーーーーーーー!!!!!!」」」」

わっとクラスメイトたちの歓声が響き、

「「「「………おぉ？？？」」」」

ほどなくそれが疑問形に変わっていく。

私も思わずぷっと吹き出しそうになったけど、場合によってはそれが失礼に当たるかもしれないと気づき慌てて口許を押さえる。

なずなが掲げているTシャツの前面に白を基調としてでかでかと描かれているのは、端的に言ってしまえば「蔵」だった。

福井だと越前市のほうに「蔵の辻」なんて観光名所があるけれど、いわゆる時代劇に出てくる悪代官だとか悪徳商人だとかが財を保管していそうな土壁のあれだ。

三角屋根の頂点付近には、家紋を模した丸い縁取りの中に「2－5」と書かれている。

みんなの戸惑いを代弁するように、恐るおそるといった様子で海人が切り出した。

「な、なんで蔵……？」

なずなは待っていましたと言わんばかりに、くるっとTシャツの背面を見せる。

そこに描かれているのはクラスメイト全員の名前と、

「蔵センのクラスのクラTだから蔵Tってことで！」

デフォルメされた蔵センのイラストだった。

音で聞いたらややこしいはずの説明がなぜかすんなり理解できてしまう。

なるほどね、と苦笑していたら、なずながにぱっとウインクをして続けた。

「ちなみに発案者は千歳くんでーす」

それを聞いて遠慮がなくなったのだろう。

真っ先に陽が口を開いた。

「いやダサッ！」

みんな薄々と似たような感想を抱いていたのかもしれない。
クラスメイトたちがいっせいに吹き出した。
誰かが真剣に考えたデザインだったら笑うのは失礼だと思っていたけれど、千歳のしょうもないジョークならいいかと私も今度こそ遠慮なく笑う。
陽がへっと呆れたように続けた。

「あんた蔵センの親父ギャグの影響受けすぎなんじゃない？」

千歳は珍しく恥ずかしそうに目を逸らしてぼそっと言う。

「……あんだよ、いいだろ蔵T」

そのらしくない様子がつぼに入ったのか、クラスメイトたちも口々にはしゃぎはじめた。

私はクラTを決める話し合いに参加したわけじゃないけど、大方アイディア出しが煮詰まってきて空気を和ませる軽口のつもりで提案したんだろう。

それが思ったより好評で、学祭特有の浮かれた乗りと勢いであれよあれよという間に採用されてしまったってところか。

きっとその場では千歳もまんざらじゃなかったくせして、冷静になったいまさら恥ずかしさがこみ上げてきた、と。

案の定、夕湖となずなが口々に言う。

「えー、いいじゃん蔵T。提案したのが朔ってところも含めて、一周ぐらいまわったらダサかわいく見えてこない？」

「そんだけ遠回りしてもまだダサいのかよ」

「そうそう。あのときの千歳くん、『だろ？』みたいなドヤ顔しててウケた」

「乗っかったの君たちだよね……？」

それを聞いていたうっちーが穏やかな声で割って入った。

「まあまあ、朔くんってそういうところあるから」

「優空ちゃんそれフォローしてるつもり!?」

水篠がふっとすかした笑みを浮かべる。

「俺は嫌いじゃないよ。考えた人のはしゃぎっぷりが伝わってくるみたいで」

「くっ、いっそひと思いに殺せ」

ちょうどそのタイミングで教室前方のドアが開き、

「まったく、実物はもっといい男だろうが」

ばっちりクラTもとい蔵Tを着た蔵センがひょいっと入ってきた。

「いやおっさんうきうきかよ！

気に入ってくれてどうもありがとう！」

　すかさず千歳がつっこみ、再び教室がどっと沸く。

　机の上で頬杖を突きながらそんなやりとりを見守っていると、自然とみんなの視線がこちらに集まってきた。

　千歳は半ば諦めたように、やけくそみたいな顔でふっと笑っている。

　七瀬悠月らしく、そろそろ気の利いたオチのひとつでもつけてくれってことか。

　了解、とばかりに私は小さく肩をすくめて短く息を吐く。

　それからどこか穏やかな気持ちで口許を緩め、

「私は好き」

　千歳の目を見つめながら、はっきりとそう言った。

「へっ……？」


　私の反応が予想外だったのだろう。

　千歳はまぬけな表情でぽかんと固まっている。

　私はなんだかそれが無性にかわいく見えて、知らずにやわらかく目尻を下げた。

しばらく呆けていた千歳がはっとしたように口の左端を上げ、

「七瀬に言われると含みがあるようにしか聞こえねえよ」

あんまり冴えない言葉であっさりお茶を濁してしまう。

残念、流されちゃった。

最初からこの程度で動揺するとは思ってないけど、それはそれとしてもう少し茶目っ気や洒落っ気のある小粋な返し方ってものがあるだろう。

普段は放っておいても気障ったらしい軽口ばっかり並べ立てるくせに、ばーか。

まあ、含みがあることを察してもらえただけでもよしとするか。

ふっと肩の力を抜いて、もう一度なずなが手にした蔵Tを見る。

私は好き、と同じ台詞を心のなかで転がした。

だって、見れば見るほどに千歳っぽい。

ぱっと見は格好つけてるくせしてしょうもないジョークで滑るところとか、そのくせ意外と硬派なところとか、こういうお祭りごとでは少年みたいに目を輝かせるところとか、さらっとクラスメイトの悩みを解決してるところとか、その結果まで一手に引き受けちゃってるところとか、なんだかんだでみんなに愛されてるところとか。

……いやどんだけ蔵Tほめるの、私。

左手の指先でとんと唇を押さえ、気を抜くと緩みそうな頰を締める。

それにしても、と自嘲気味に思う。

いまのはないな、七瀬悠月のやり方じゃない。

ああいうのは夕湖とか陽が打算なしにぽろっと本音をこぼすからぐっとくるんだ。

私みたいなタイプはもっと意味深にあからさまに挑発的に作為を込めてやらないと、心へ届く前にかわされてしまう。

だけど、その手のお遊びはさんざん仕掛けてきた。

私と千歳じゃ、どこまでいっても穏当で大仰な鏡映しのお芝居にしかならない。

だったら七瀬悠月にとって恋の本気ってなんだろう。

誰かさんにしこたま打ちのめされてから言うのも負け惜しみみたいで癪に障るけど、あの微睡んだ九月を除けば、私だって中途半端な想いであいつと向き合っていたつもりはない。

七瀬悠月としての最適解を選び、千歳朔に相応しい七瀬悠月で在ろうとし続けてきた。

だけどそんな私が偽物なら、届かないなら……。

たがを外すということは、これまでの七瀬悠月と決別するということなんだろうか。

——たとえ美しくなくても、あなたの隣で生きていけるなら。

なんて、いざ腹をくくったらそれこそ陽みたいに青臭い悩みが転がり出てきた七瀬悠月は私にとってかなり新鮮で、野暮ったくて焦れったくて、ちょっとだけ辟易している。

そんなことを考えていたら、いつのまにか千歳が教壇でなずなの隣に立っていた。

段ボール箱から新しいTシャツを取り出し、こほんと咳払いをひとつしてから口を開く。

「なにはともあれ、当日はもちろん、準備期間中にも積極的にこいつを着て、オリジナリティとセンス溢れるクラスが文化祭のステージで演劇するんだってことを宣伝して回るように」

「駄目だ、二周まわっても普通にダサい」

「むしろ逆効果では？」

「女子も着なきゃだめ？」

「てかなんで蔵センはあんなにうれしそうなの……」

「だあああああああうっせえ！！！！！」

ばさっと、千歳がまるで優勝旗みたいにTシャツを掲げる。

「誰がなんと言おうとこれが俺たち二年五組の蔵Tだ！　野郎ども、お嬢さんがた、最高の学祭にするぞオラァッッッ!!!!!!」

「「「「おおおおおおおおおーーーーーーーー!!!!!!」」」」

なんだかんだで、はしゃぎたい気持ちはみんないっしょらしい。
もうすっかりお決まりの流れで千歳がクラスを盛り上げていく。
ここしばらくは沈んだ顔とかやけに穏やかな眼差しを見ることが多かったけど、それはそれで嫌いじゃないんだけど。

やっぱりそうやって千歳朔をやってるあなたが、私は好き。

＊

「あっ！　健太の名前だけない!!!!!」
「許されるオチと許されざるオチがあるぞ神コラ」

全員に蔵Tが行き渡ると、各自が文化祭に向けた作業へ入っていく。

せっかくだからと応援団かつ役者組の陽、水篠、海人、山崎は上村がとりまとめている大道具を、うっちーは衣装を手伝うことになった。

私、千歳、夕湖の三人はなずなに教室で待っててほしいと言われている。

あたりを見回すと、気の早い子たちはさっそく蔵Tに着替えていた。

その様子を見ていた千歳はやっぱりまんざらでもなさそうで、いまにも緩みそうなほっぺをつんと突いてみたら慌てて表情を取り繕っている。

この男がそこらへんを抜かるわけないので最初から心配はしていなかったけど、もちろん蔵Tの背面には山崎の名前もちゃんと並んでいた。

そうしてしばらく三人で机を近づけ雑談に興じていると、なにやら冊子のようなものを抱えたなずなが戻ってくる。

「ごめんごめん、放課後までにプリント間に合わなくって」

珍しく肩で息をしていて、それだけでも文化祭のまとめ役として奔走してくれていることが伝わってきた。

なずなが、ぱさ、ぱさ、ぱさと、冊子を配る。

「ちょっと時間かかっちゃったけど、できたよ脚本」

「「おおー!!」」

思わず三人で声を揃えた。

けっこう難航していたことは聞いていて、何度かアイディアも出したけど、最終的にどんな形に落ち着いたのかは聞かされていなかったのだ。

少しわくわくしながら脚本を手に取ると、表紙に印刷されたタイトルが目に飛び込んできた。

『白雪姫と暗雲姫と優柔不断な王子さま』

「「――おい」」

今度は問答無用で二人のつっこみが重なった。

お先にどうぞ、と手のひらを差し出すと千歳が口を開く。

「誰が優柔不断な王子さまか」

なずながにひっと笑ってそれに答える。

「えー、あくまでお芝居の役だし。ほんとはヤリチンな王子さまにしたほうがお客さん集められそうだと思ったんだけど、脚本手伝ってくれた文芸部の子がそれはさすがにって」

「ったく、本能寺の変を演じるんじゃねえんだぞ……」

「なにそれ炎上するってこと？　ボケわかりづらいわりにつまんなッ!?」

　二人のかけ合いが一段落ついたところで私も口を挟む。

「そ、れ、で？」

「ん～？」

　わざとらしく首を傾げて目をぱちくりさせているなずなに乾いた視線を送りながら、こちらも負けじと首を傾げてわざとらしく甘ったるい声で続けた。

「白雪姫と対にしたかったのは聞かなくてもなんとなくわかるけど、よりにもよって暗雲姫ってのはどういう意味かしら？」

　その言葉に、しれっとした答えが返ってくる。

「だってお妃さまは世界一美しいってポジションを白雪姫に奪われそうになって焦ってるわけじゃん？　それ暗雲立ちこめまくってるし。千歳くんの優柔不断な王子さまはともかく、こっちは元ネタまんまの意味なんだから、あんたに突っかかられる筋合いはなくない？」

「うっ、まあ確かに……」

　思ったよりも正論だったので、私は不覚にも押し黙ってしまう。

　なずなのことだからそれこそちくりと含みを持たせてるのかと勘ぐったけど、真意はどうあれそう言われると納得するしかない。

　こちらの反応が期待どおりだったのか、あはっとなずなが口許に手を当てた。

「まあ今回あえてお妃さまじゃなくしたのは、白雪姫に初恋の王子さまを奪われそうになって暗雲立ちこめてる姫って設定だからなんだけどね〜」

「ようしちょっと面(つら)貸せ小娘」

私が言うと、なずなはもちろん千歳と夕湖(ゆうこ)が堪(こら)えきれないといった様子でぷっと吹き出す。

まったくこの女は、と私も釣られて肩を揺らした。

面子(メンツ)を考えたら相当きわどい話をしてるのに、なずなが口にするとなぜだか角が丸くなるから不思議なものだ。

それはそうと、と私は切り替えるように言った。

「脚本できたならみんなに配っちゃえばいいのに」

文化祭当日まで、あんまりのんびりしている余裕はない。

少なくとも、役者を任されている応援団のメンバーぐらいは呼んだほうがよさそうなものだけど……。

そんなことを考えていたら、なずなが今度こそ気まずそうに頬(ほお)をかいて目を逸(そ)らす。

「あー、それなんだけどまず三人に確認してほしいんだよね。理由は読めばわかるから」

私と千歳、夕湖はきょとんと顔を見合わせて、ひとまずページをめくり始めてみる。

そうして三人とも最後まで読み終えて脚本を閉じるころには、なずなから伝染した気まずさというよりも気恥ずかしさに近い空気がてれてれと流れていた。

私、千歳、夕湖の順にぽつぽつと口を開く。


「率直にすごく面白かったんだけど」

「これってどう考えても」

「……私たち？」


「――ごめんッッッッ!!!!!!」


その反応を見たなずなが顔の前で両手を合わせて大げさに頭を下げた。

「前にも話したけど、白雪姫のアレンジっていざ始めてみたら意外と難しくてさ。主役級が千歳くん、夕湖、悠月って学校でも有名な三人だから、いっそ本人たちにキャラを寄せたら面白いんじゃないかって話に……」

そう、白雪姫も暗雲姫も優柔不断な王子さまも、多少の脚色はあれど性格や発言や立ち振る舞いがどう考えたって私たちなのだ。

怖ずおずと顔を上げたなずなが続ける。

「そんで私が調子に乗ってあれこれ口を出してたら、千歳くんを巡って夕湖と悠月が文字どおり白黒つけるっていうメタ的に見たらものすごく居たたまれない内容に……」

その説明が意味するところを冷静に受け止めるよりも早く、

――ぷふぅッ。

三人で同時に吹き出していた。

私、千歳、夕湖が口々に言う。

「正気か？」
「観客から石投げられねえだろうな俺」
「ばっかちーん！」

その反応から本気で怒ってるわけではないと察したのか、なずなは少しほっとしたように肩の力を抜いた。

「いや、正直ちょっとやりすぎちゃったなって反省してる。本当は見せずにボツにしちゃおうかとも思ったんだけど……」

一度言葉を句切り、どこか真摯な声色で続ける。

「なんでだろう、なんか、私が決めちゃいけないような気がして」

らしくない殊勝な態度に、私はそっと目を細めた。

学祭の浮かれた乗りで突っ走っちゃったというのは事実なんだろうけど、そのまま考えなしに手渡してきたわけじゃないってことぐらいは、さすがにわかる。


夕湖の友達、私の友達。

十年後の八月、お酒を片手に語り合えるかもしれない、親友。


だからそこには、彼女なりの誠実さがあるような気がした。


それで、となずなが窺うように私たちを見る。

ここにいる面々にはもしかしたらとっくに筒抜けかもしれないけれど、少なくとも私は名前のついた気持ちをまだ誰にも公言していない。

ウミ相手にでさえそうなのだ。

だとすれば表面上は、七瀬悠月がこの脚本を拒否する理由はない。

どちらかと言えばいま気にすべきなのは……。

きっと同じことを考えていたんだろう。

なずなは伏し目がちにちらちらと夕湖の反応を待っているみたいだ。

いくら結果として優しい先延ばしを選択したのだとしても、本人がそう口にしていたように形式上はこの夏で一度終わってしまった恋。

いくら文化祭の出しものとはいえ、事の顚末を知っている私たちとこれを演じるというのはちょっと酷なんじゃないだろうか。

それからもちろん、千歳。

断ってしまった側であるぶん、居たたまれなさでいったらあいつのほうが上かもしれない。

とはいえ、たとえなずなの悪乗りが原因であったとしても、残された日数が限られているなかで自分たちからはなかなか切り出しにくいはずだ。

ふたりを想うなら、いっそ私から却下してあげるほうが親切だろうか。

そんなことをあれこれ考えながら、千歳と夕湖に視線を向けて――。


ああ、まただ、と私はその心だけが寄り添うような佇まいに目を奪われた。


しんしんと静かで、ひらひらと舞っている。

まるでひと足早く童話の世界で王子さまとお姫さまになってしまったみたいだ。

どこか委ねるように交わる眼差しのあいだに降り積もっていくのは、

——足跡ひとつないふたりだけの白雪だった。


ここからもう一度歩きだそうとしているみたいに。

このまま白に染まっても構わないみたいに。

こういう時間はいつか溶けて消えてしまうと知っているみたいに。


「私はいいよ。朔は？」

「夕湖がいいなら、俺も」


「無理してない？」

「無理してないよ。無理してない？」

「ぜーんぜん」


「じゃあ、やるか」

「うん、やる」

「よろしくね、優柔不断な王子さま」

「勘弁してくれよ、白雪姫」


　ぱち、ぱち、と自然に重なる瞬(まばた)きがまるで唇を触れ合わせているようで、私は置いてけぼりになった視線をそっと床に落とす。

　窓から差し込む夕陽に揺れるふたりの影を見ながら、ふと手をかざしてちょきんとあいだに割り込んでみたら、プライド(七瀬悠月)の端っこが少しだけ切れた。

「七瀬(ななせ)は？」

　だから私は、ようやくこっちを向いた千歳(ちとせ)の唇をないしょで盗んでから答える。

「うん、やる」

　それから夕湖とも顔を見合わせ、お姫さまを真似(まね)してさらさら笑った。

　私たちのやりとりを黙って聞いていたなずなが、安心したようににゃっと目尻(めじり)を下げる。

「ほんとに!?　聞いてみてよかった～」

「「あ、でもいっこ確認」」

　また千歳と重なってしまったので、ふたたび手のひらを差し出し話を譲る。

　どうせ聞きたいことは同じだろう。

こくりと頷いた千歳は案の定、私と同じ疑問を口にした。

「これって、結末はまだ未定ってことでいいのか?」

登場人物のモデルが自分たちという気恥ずかしさを除けば、脚本は確かに面白かった。

みんながよく知る白雪姫をベースにしつつ、他の童話やオリジナルの展開を組み合わせてうまくアレンジされていると思う。

ただ、結末の部分がすっぽりと抜け落ちていた。

対となるふたりの姫が登場するのだから、必然的に最後は王子さまがどちらかを選ぶという話の運びになっているが、クライマックスは完全な白紙。

私も千歳同様にまだ詰め切れていない、あるいは私たちの許可が下りてから進めるということなのかと思っていたけれど……。

「あーそれね」

なずなが口許に手を当て、どこかいたずらっぽくきゃはっと目を細める。

「アドリブで」

「「は!?!?!?」」

三度、千歳と私の声が重なる。

なずなはお構いなしに続けた。

「だって、私は夕湖と悠月ふたりの友達だし、どっちを幸せにするかなんて決められないもん。そういうのは王子さまの役目でしょ？」

この女とんでもないこと言いだすな、と私は呆れや怒りを通りこして笑いそうになる。

当然のように千歳がつっこんだ。

「そこ丸投げすんのかよ冗談じゃねえぞ！　なずなが無理なら協力してくれた文芸部の子たちでいいから決めてくれよ」

なずなはどこか意地悪そうににひっと目を細めて、

「い、や」

やたら甘い声でばっさりとその提案を切り捨てる。

「さっきまでの殊勝な態度はどこいったんだよッ！」

千歳が参ったなとばかりに髪をがしがしとかいた。

なずなは涼しい顔で言い返す。

「さっきまでのはあくまでも勝手に三人をモデルにしちゃったことへの謝罪。それと脚本のクライマックスをどうするかは別問題だし、なにより……」

一度言葉を句切り、千歳の顔を覗き込みながら続ける。

「私、千歳くんの態度に思うところがないわけじゃないんだよねー」

「っ……」

祭しのいいあいつのことだ。

なずなもあの八月の顚末について夕湖から聞き及んでいることには気づいただろう。

苦虫を嚙みつぶしたような顔で先を促している。

「もちろん、恋愛的にどっちのほうが好きかを舞台上で決めろとかそこまで性格悪いことは言わないから。てかそれだと選ばれる側にもダメージでかすぎるし」

だから、となずなが胸の前でぱちんと手を合わせた。

「千歳くんがその日の主演女優賞を決める、ってことでどう?」

「主演女優賞……?」

なるほど、と私は千歳よりひと足早く納得した。

ようするにこれはちょっとした茶目っ気のあるおしおきというか、頭では理解できるけどやりきれない気持ちの落としどころみたいなものなんだろう。

なずながぴんと指を立てて口を開く。

「演目は白雪姫だけど私的にはWヒロインのつもりだから。文化祭の舞台で、夕湖と悠月のうち女優としてよりよい演技をしていたほうを最後に千歳くんが選ぶの」

「けど……」

なにか言いたそうな千歳を手のひらで制して説明を続ける。

「逆に言えば、演技の評価以外には恋心も友情も同情も、個人的な感情はいっさい判断基準に持ち込まないってのがルール。それは千歳くんだけじゃなくて、夕湖と悠月もちゃんと理解しておくこと。演技で負けたって悔しがるのはいいけど、変に現実と重ね合わせて落ち込まれたらめんどくさいし」

こういうところは抜け目ないな、と私は苦笑した。

事前にこれだけ前置きをされていれば、選ばれなかったからといって下手にシリアスぶった顔はできない。

もし私がそんなことしたら、なずなは格好の機会とばかりにいじり倒してくるだろう。

それに、と夕湖の顔を盗み見る。

あの八月を超えて大人びた少女は、きっともうこの程度の選択で傷ついたりしない。

なずなだって、先ほど交わされた千歳と夕湖のやりとりを見てそう確信できたからこそ、遠慮なく切り出したんだろう。

だからこれは、どこまでも他愛ないお祭りのごっこ遊びみたいなものだ。

私より少しだけ遅れて、千歳も同じ結論に至ったらしい。

諦めたように大げさなため息を吐いて口を開く。

「わぁったよ。って言っても、俺には演技の善し悪しなんてわからないぞ」

あはっと、なずなが肩を揺らす。

「そんなに難しく考えることないって。心にぐっときたでも、堂々としてたでも台詞を噛まなかったでも、千歳くんの基準で選んでいいから」

曖昧に微笑んだ千歳が、なぜだか寂しそうな声で言った。

「夕湖と七瀬は、いいのか？」

私は本人が意図せず滲んだその感情を気づかないうちに拭ってあげたくて、あなたみたいな軽口を返す。

「初夜の相手をこんな美女ふたりから選べるだなんていいご身分ね、王子さま」

「初手でルール違反やめろ」

少しだけらしさを取り戻した反応に、そっと頬を緩める。

それから悪いけど、と私は親友の女の子を見た。

「私、七瀬悠月を演じるのは得意なの」

夕湖は少しだけきょとんとしてから、沫雪みたいにふわっと笑う。

「私、王子さまを想うのは得意だよ」

まったく、と私は肩をすくめる。

夏休み前の夕湖だったらこういうお遊びで負ける気はしなかったけど、いまはもう勝ち筋を探ることさえ簡単にはいかなそうだ。

いったいいつから、私は私を追い越していく誰かの背中ばかり見送るようになってしまったんだろう。

王子さまに守られるお姫さまでいられた時間が確かにあったのにな、と自嘲気味にしんなり目尻を下げる。

私たちのやりとりを承諾と受けとったみたいだ。

なずなが話をまとめるようにぱちんと手を叩いた。

「それじゃあ、クライマックスは三人のアドリブにお任せするってことで！」

千歳が開き直ったように口の端を上げてふっと笑う。

「どっちを選ぶかだけじゃなく、そこから先の台詞も全部ってことだよな」

「うん、ノリで！　ハッピーエンドにするのかバッドエンドにするのかも」

「そこは素直にハッピーエンドでいいだろ……」

「えー、選ばれなかったほうが毒りんご食べて死んじゃうかもしれないじゃん」

「朔くん泣いちゃうから絶対やめてね!?」

言いながら千歳が私と夕湖を見て、三人でぷっと吹き出す。

そのままくつくつ肩を揺らしていると、ふと、なずながどこか醒めたような、困ったような、それでいてどこまでも優しいような表情でこちらを見ていることに気づいた。

目が合うと、なにごともなかったように顔を背けて千歳のほうに視線を戻す。

だから、となずなは言った。


「予行練習ぐらいはしておいたら？」

脈絡のないその台詞に、千歳はきょとんと首をかしげている。

「予行練習？　アドリブなんだろ？」


ああ、そうか。

いまのはなずなから私に送られた言葉だ。

さっきまで生意気にも夕湖の心情を憂慮したりしていたけど、いつか想いを告げて、告げられて、選び、選ばず、選ばれ、選ばれず。

三人のなかでまだその準備も覚悟もできていないのは、

——予行練習が必要なのは私だ。

いつか言われたことがある。

『わるいけど、あんただけの肩を持つことはできないから』

つまりそれは夕湖の肩を持つのと同じぐらいには私の肩も持ってくれるということで、なずなから見ていま手を貸さなきゃいけないのは七瀬悠月(ななせゆづき)ってことだ。

毒りんごを食べて死んじゃう、ってのはさすがに大げさだけど、きっと自分のなかの大切な部分を喪(な)くしてしまうっていう意味ではあながち間違っていないのかもしれない。

白雪姫は、毒りんごの味を知っている。

白雪姫は、王子さまのキスの味を知っている。

魔法の鏡は、私になにかを教えてくれるだろうか。

＊

週末の土曜日。

午前中の部活を終えた私は、ビアンキのクロスバイクを押しながら福井駅前を歩いていた。

ふと顔を上げると、秋らしく澄んだ空に刷毛（はけ）をさっと走らせたような雲がたなびいている。

穏やかな陽光がハピリンのガラススクリーンに反射してちるちると揺らめき、がたん、ごとん、きぃ、きぃ、とノスタルジックな音を響かせた路面電車が私を追い越していった。

休日にデートの約束なんて久しぶりだな、と少しくすぐったくなる。

早く待ち合わせ相手の顔を見たいような、急に気恥ずかしくなって引き返したくなるようなそわそわは、あのときとおんなじだ。

アーケード商店街のガレリア元町に入って少し歩くと、なんだかんだで久しぶりに訪れるカフェ「su_mu」の外観が視界に入ってくる。

入り口に描かれた青いハートがまるで色づく前の心模様に見えて、まだ五月の入り口に立っていた私を少しだけうらやましく思った。

クロスバイクをお店の前に並べてとめ、扉の前で一度立ち止まる。

どんな顔をして会えばいいんだろう、なんてうっかり考えたら心臓がとくんと跳ねた。

左耳に髪をかけ直すと、しらじらしいシャンプーの匂いがくすぐったい。

いったん家に帰ってシャワーは浴びた。

新しい下着をおろして私服に着替えてメイクをしてから靴下を履くのにわざわざ足のネイルを塗り直してウエストに香水もつけた。

――大丈夫、いまの私は丸裸にされても抜かりなく七瀬悠月だ。

そうして店内に足を踏み入れると、奥の窓際にあるテーブル席に座っている待ち合わせ相手の姿が目に入った。

向こうもすぐこっちに気づいたみたいで、呑気に手を振っている。

あの日、千歳が座っていた席の向かい側。

あの日、私が座っていたのと同じ席。

私は小さく肩をすくめてから近づいていき、軽く手を上げた。

「やあ」

デート相手はきょとんと目を丸くしたあと、どこかくすぐったそうなおうむ返しに答える。

「やあ」

それから我慢しきれないといった様子でうれしそうに立ち上がり、

「お疲れさまです、悠月(ゆづき)さんっ！」

望紅葉(のぞみくれは)が弾けるようにくしゃっと笑った。

*

紅葉の向かい側に腰かけ、メニューを差し出す。

「私は決まってるから、ゆっくり選んでいいよ」

無邪気に目を輝かせながら店内をきょろきょろと見回していた後輩は、それを受けとると真剣な顔で悩み始めた。

「看板メニューはエッグベネディクトってことでいいんですかね？」

「基本的にはそうだけど、マッサン・カレーも人気みたいだよ」

「ちなみに悠月さんの注文は？」

「スモークサーモン＆アボカドとエルダーフラワーのコーディアル」

「うーん、じゃあ先輩は？」

なんの前置きもなく出てきたその呼び名に、思わずぴくっと身構えてしまう。

とっさに動揺を気取られないよう誤魔化そうとしたけれど、いまさらだなと思い直してわざとらしくため息をついた。

「ベーコン＆オニオンとアイスコーヒーだったかな」

「じゃあそれにします！」

「おい」

「だって先輩とおんなじ味が食べてみたいですし！」

「ちなみにおすすめしたら追加でエルダーフラワーのコーディアルも頼んでたけど？」

「追加で！」

「あのな……」

まったく肝が据わっているというかなんというか。

私は手を上げて店員さんを呼び、二人分の注文を伝えた。

それから頬杖を突き、向かいに座ってまだ楽しそうにメニューを眺めている後輩を呆れたようにじとっと見つめる。

休日だから当然といえば当然かもしれないけれど、今日は紅葉も私服だった。

下は太ももまわりにゆとりがある白のショートパンツで、女らしいやわらかさを残しながらも陸上の短距離で鍛えられたしなやかさを感じさせる脚が無防備につるりと伸びている。

品のいいプルシャンブルーが印象的なクロップド丈のニットカーディガンは、肩を落として着ているせいでふくよかな胸のまわりやハイウエストで隠したおへそから上の肌が惜しげもなく晒されていた。

いい女、と同性ながらうっとりそんな感想を抱いてしまう。

これまでプロポーションのよさにはさんざん自覚的にかつ自発的に生きてきたつもりだけど、そんな私から見ても惚れぼれするほど均整のとれた身体。

——彫り込まれた美だ、と思う。

これは個人の好みによるところだから善し悪しを語るつもりはないけれど、たとえば天然であのスタイルをキープしている夕湖や、健康的な自炊を続けているうっちーはもう少し女性らしいまろみが勝る。

反対に陽は余分な脂肪がそぎ落とされて引き締まっているし、西野先輩はどちらも過度に悪目立ちしない中性的な身体つき。

そして私が私なりの理想として保ってきたのは、女性らしい曲線の美と生き物らしい肉体の美が共存した強かさだ。

膨らませるところは膨らませて引き締めるところは引き締める。

表面のやわらかさは残したまま内側は鍛える。

なんて、言葉にしてしまえば身も蓋もないけれど、ただ生きているだけでそうはならないことを私は知っている。

なにも意識せずに生活していればどうしたって身体は女性らしくなっていくし、がむしゃらに鍛えていたら際限なく絞られていく。

かといって本気でスポーツに打ち込んでいる以上はそこに手を抜けないから、他の時間でバランスをとっていくしかない。

だからこそ私には、紅葉の容姿が自分と似たような美意識のもとに抜け目なく調律されているのだと嫌が応にもわかってしまう。

そんなふうにあれこれと考えていた視線に気づいたのかもしれない。

紅葉がこちらを見てきょとんと首を傾げた。

私はふっと苦笑してから口を開く。

「合宿のときとか、応援団で集まるときはもっとスポーティなコーデだよね？」

「はい！　あんまり女出すと先輩に警戒されちゃうかと思って」

「なのにあの大胆なスポブラ？」

「はい！　とはいえ少しぐらいは意識してもらわないと後々に困るので。陸部だからってことで言い訳は立ちますし、それに……」

　紅葉は一度言葉を句切り、どこかいたずらっぽく目を細める。

「そういうのって意外とどきっとしません？　ただの後輩としか見ていなかった女の子が不意にさらす無防備な肌とか、ぶかっとした服に隠れて意識していなかった生々しい胸の膨らみとか、ね？」

「……まあわかる」

　私は思わず目を逸らしながら答えた。

　過去の似たような言動を顧みると妙に気恥ずかしくなってしまう。

「逆に悠月さんは？」

　質問の意味を測りかねて視線を戻すと、紅葉が私の服装をまじまじと見て続ける。

「そんなにいい身体しておいて、どうしてボーイッシュな格好ばかりなんですか？」

　ああ、と納得して短く息を吐いた。

「高慢な自己防衛、かな」

紅葉には迂遠な言葉だけであっさり伝わったようだ。

「それは理解できますよ。私もやっかまれそうな女の子とか興味ない男の子がいる場だったらこういう服は着ませんし」

だろうな、と私は苦笑した。

この容姿だったら、大なり小なり自分と似たような経験はしてきたはずだ。

紅葉なら演技ひとつで要領よくかわせそうだけど、それだけでやり過ごせるほど女の嫉妬も男の色情もお上品じゃないってことは骨身に染みている。

じゃなくて、と紅葉が続けた。

「私みたいな事情があるならともかく、どうして先輩の前でさえも女を使わないんですか？ っていう意味です」

「――ッ」

まだ本題に入る前の茶番だと油断していたら、不意に痛いところを突かれてしまう。

表情からなにかを察したのか、紅葉が慌てて両手を振る。

「あれっ？　ごめんなさい、いまのはまだけんかを売ったわけじゃないですよ？」

私はその言葉に思わず苦笑して、いたずら程度の挑発まじりに繰り返す。

「……いまのはまだ、ね」

紅葉は悪びれもせずにあっさりと答えた。

「はい！　まだ、です！」

ちょうどそのタイミングで注文していたエッグベネディクトとドリンクが運ばれてきたので、ひとまずは都合よく話が流れる。

向こうは向こうでいったん引いてくれたのかもしれない。

ふと顔を上げると、紅葉はカーディガンの胸元あたりにそっと手を添えて、

「もし私が悠月さんだったら……」

誰にも聞かせないつもりのひとり言みたいにぽつりとこぼした。

その移ろいに目を奪われながらぎゅっと胸元を握りしめ、
もし私が紅葉だったら……。

誰かに聞いてほしい泣き言みたいにほろりと思った。

＊

いつかのように実演して見せるまでもなく、紅葉(くれは)はまずエッグベネディクトを中心で真っ二つにしてから、フォークとナイフを器用に扱って手頃な大きさに切り、ポーチドエッグの黄身を絡めて口に運ぶ。

「んーっ、めちゃくちゃ美味(おい)しいです！」

その無邪気な反応はやっぱり素直な後輩めいていて、知らず口許(くちもと)をほころばせてしまった。

「だよね」

「エルダーフラワーのコーディアルも初めて飲みましたけど、絶対リピートします！」

「でしょ？」

「はい！　これが先輩と悠月(ゆづき)さんの思い出の味なんですね！」

「けっきょくそこかよ」

あのね、と私は大げさに肩をすくめてみせた。

「言っておくけど、千歳(ちとせ)は陽(はる)も夕湖(ゆうこ)も普通にここ連れて来てるから」

紅葉が意外そうに目を見開く。

「そうなんですか⁉　先輩って意外とデリカシーがないんですね」

私はふっと笑って気持ち程度に小さく首肯する。

「まあまあ同感だけど、そのぐらいじゃ傷つかないって言ったでしょ」

口に運びかけたエッグベネディクトを一度下ろし、紅葉は不思議そうに首を傾げた。

「でも、自分が教えたお店に他の女の子を連れて行かれたら普通に嫌じゃないですか？」

それだけ聞けばもっともな疑問を、ことさら構えるでもなくあしらう。

「相手が私だから」

紅葉は忘れてきた宿題を誤魔化すみたいに曖昧な笑みを浮かべた。

「えっ、と……？」

その戸惑いが少しだけ心地よくて、私は自分のノートを差し出すように続ける。

「似たもの同士だから、通じるんだよ。私がこの場所に残しておきたいのは記録じゃなくて記憶だけだってことは、ね」

黙って聞いていた紅葉が、どこか大人びた表情で目を細めた。

「やっぱり侮れないですね、ナナさんは」

小芝居はここまで、と私はその合図を受けとって切り出す。

「──それで、なんの用？」

紅葉はぞっとするような色気を瞳にたたえながら、

「なにって、デートにお誘いしたつもりですけど？」

ふふっと、生意気にとぼけてみせた。

——あの日、あの屋上での一件から。

紅葉（くれは）はそれまでとなにひとつ変わらぬ様子で応援団に、私たちの輪に溶けこんでいた。

借りてきた猫のように大人しくしている、という表現がこれほどしっくりくる機会もそうそうないだろう。

千歳（ちとせ）や他のみんなに対してはまだわかる。

だけどあれだけ大胆に牙（きば）を剝（む）いたくせして、あろうことか私にさえも次の日から「悠月（ゆづき）さーん！」と無邪気に駆け寄ってきたのはさすがに驚いた。

まったく、こっちは東堂（とうどう）との勝負で熱くなった頭を冷ましながらひと晩中あれこれと考え、脳裏にはずっと紅葉の面影がちらついていたってのに。

おかげで周りに気取られないよう振る舞うのはなかなかに骨が折れた。

そんなふうに、あの数日を除けば停滞は停滞のまま、私たちの九月が穏やかに終わった。

てっきり屋上での告白をスタートのピストルにして、それこそ短距離走みたいに千歳との距離を縮めにかかるのかと身構えていたから、肩透かしを食らったというのが本心だ。

ようやく紅葉が動きを見せたのは昨日。

『悠月さん、デートしませんか？』

なんて、夜更けに届いたメッセージを見てほっとしたのはなぜだろう。

とにもかくにも、私のほうからこの場所を指定して迎えた今日。

紅葉は相変わらず猫を被っていたけれど、早々に問い質すのも余裕がないみたいで癪に障るから、しばらくは先輩と後輩の焦れったい小芝居に付き合っていた。

私をわざわざコートネームで呼んだということは、ここからが本題ってことだ。

紅葉がこちらの反応を待っているようだったので、とりあえず挑発めかして言った。

「だったら私とふたりきりのデートぐらい、うさんくさい後輩ごっこはやめてくれない？」

その言葉が予想外だったのか、きょとんと目を見開いてから、心外だとでもいうように慌てて口を開く。

「ちょっと！　人を裏表ある性悪女みたいに言わないでくださいよ！」

「まさかそこを否定する気か？」

「え、なんで真顔で引いてるんですか⁉」

ひどいですよ、と紅葉は自分の手のひらを見ながら唇を尖らせた。

それが本当にへこんでるみたいに見えて、少しだけばつが悪くなる。

私もたいがい先輩ごっこだな、と自嘲した。

そんなたまじゃないってことは、とっくに突きつけられているはずなのに。


「どっちも表なんです」

案の定、紅葉はくるりと優雅に手のひらを返しながら言った。


「みなさんの後輩としての私も、悠月さんのけんかを買った私も――。

どっちをめくったって、正しく望紅葉の紅なんです」


どうしてこんなにも、と思う。

かつての天真爛漫な夕湖とも、八月を抜けて大人びた少女とも、優しく抱きしめるようなうっちーとも、がむしゃらに肩を並べる陽とも手つかずの憧れみたいな西野先輩とも違うのに。

目の前にいる、きっと相容れない後輩の言葉は、

――どうしてこんなにも美しい棘を心に残していくんだろう。

自分の台詞がちゃちなちゃんばらごっこに映らないよう祈りながら、それでも知らんぷりはできない疑問が口を衝く。

「あれだけ上等な啖呵切っておいて、クラウチングスタートはお手のものでしょ？」

その意味が正しく伝わったのか、紅葉はとろんと蠱惑的な瞳で答えた。

「私からナナさんへのささやかなお礼ですよ」

その意味を正しく受け取れなかった私は、ころんと瞳を丸くする。

「お礼……？」

紅葉はなぜだか愛おしそうに目尻を下げてから、思いだしたようにほろほろとやわらかく肩を揺らした。

「そんな気はしてましたけど、悠月さん誰にも言わなかったんですね」

なんの話かは、さすがにわかった。

私はふっと口の端を上げてそれに答える。

「あんまり舐めないで」

紅葉の真っ直ぐな想いに、覚悟に、恋に――――。

打ちのめされるほどに納得してしまった以上、品のない仕返しみたいな形でそれを吹聴して回るような女にはなりたくなかった。

それに、あの八月を抜けて穏やかな九月へたどり着いた千歳を巻き込みたくもない。

屋上で交わしたやりとりは胸のなかだけに秘めている。

紅葉は呆れたように、だけど可笑しそうに口を開く。

「私だったら帰りに迷わず先輩の家へ駆け込みますけどね」

「だろうね」

こちらも迷わず即答すると、えへっといたずらっぽく首を傾けて続けた。

「それで望紅葉がどういう女か自分を貶めない程度に警告しながら、先輩の胸でしとしと泣くんです。きっと慰めてくれるから」

私はふっと苦笑してから答える。

「たとえそれが私の口から出た言葉だったとしても、誰かから伝え聞いた話だけで紅葉という人間を判断したりしないよ、あの男は」

「へえ?」

ようやく紅葉が少しだけ意外そうな反応を見せた。

「ちなみにその程度の状況に流されて優しく抱いてくれたりもしない。まあ、ひっぱたかれてお説教食らう、ってのはあり得るけど」

私はそう言って、どこか懐かしい気持ちで肩をすくめる。

紅葉はなぜだか羨ましそうに目を細めて、寂しげな声色で言う。

「まったく、ひどい王子さまですね」

「同感」

そうしてふたりで顔を見合わせてくつくつ笑った。

不思議な子だ、と思う。

あれだけばちばちにやり合ったくせして、私はなぜかこの後輩を嫌いになりきれない。

「とにもかくにも」

一段落したところで、紅葉が言った。

「悠月さんの美学に敬意を表して、しばらくは大人しくしていたんです」

そういうことか、と私は短く息を吐く。

情けないことに、後輩から気を遣われてたってわけだ。

紅葉がほっとしたように微笑んで続ける。

「だけどさすがは私の憧れた悠月さんです。今日のデート、断られたら哀しいなって、本当はちょっとお誘いするのが恐かったんですよ」

不意打ちの１ｏｎ１じゃなければやりようはある、ってのは私も同じだ。

どのみち、この子とは真正面から向き合わなきゃいけないと腹はくくっていた。

だから私は、いつかあいつに向けた言葉を口にする。

「私、認めてる相手には尽くすほうなの」

紅葉はほんの一瞬、まるで泣き出しそうに唇を噛み、それからはにかむように頰をかいた。

「最近の悠月さん、ますますお美しくなってどきっとします」

「よく言うよ」

それじゃあ、と私はどこか儚げな移ろいに惑わされないよう不敵に口を開く。

「今日はあらためて宣戦布告ってところだ？」

「はい！　もう遠慮はしませんよ！」

紅葉は迷わずそう答えてから、ふと目を伏せた。

「いつまでも立ち止まっていたら、季節に追いつかれてしまいますから」

ぱくん、不意に胸の鼓動が大きくなった。

『みなさんはそうやって進むことも引くこともしないままに』

『――手を繋ぎ輪になって仲よく停滞してるんですよね』

そうか、喉元に切っ先を突きつけられてなお、まだ私は歩き出せてすらいないのか。

あの日、紅葉の前で自分の甘さをさらしてから。

七瀬悠月の本気に、恋の本気に向き合ってきたつもりだった。

もちろん、表面上なにか大きな行動を起こしたわけじゃないけれど、頭のなかはずっとそのことでいっぱいだった。

だけど紅葉にとって、こんな時間は停滞の延滞にしか映らないんだろう。

やっぱりこのままじゃ、届かないな。

恋の本気、と繰り返すたびチープになっていく言葉をまた心に転がす。

私はその正解に、たどり着けるだろうか。

七瀬悠月の正解がたどり着く先は、同じ場所だろうか。

そこまで考えてふと、私は紅葉を見た。

「ひとつだけ聞いてもいいい？」

「はい！　よろこんで！」

「もしも私が千歳に包み隠さず話してたら、どうするつもりだったの？」

もちろん、私の性格を鑑みれば話さないだろうと踏んでいたって可能性はゼロじゃないけれど、それを無条件に信じ切れるほどまだ付き合いは深くない。

かといって、あれだけの強かさで千歳へ近づいた女が、後先考えず勢いだけで口にしたってこともまずないだろう。

案の定、紅葉はほとんど考え込むそぶりすら見せず、

「――好都合、ですかね」


はっきりとそう言いきった。

「好、都合……？」

想定外の答えに途惑う私を見て、紅葉が淡々と続ける。

「どうせ遅かれ早かれ気持ちは伝えるんですし、悠月さんが話を歪曲しないかぎり、私は先輩に知られて困ることはなにひとつしていないつもりです」

強い、とその眼差しに懲りもせず気圧されそうになってしまう。

どちらも表、と紅葉は言った。

あれはきっと、誇張でも虚飾でもなく、嘘偽りのない本心なんだ。

どちらも表だから、好きな人に見られても恥じることはない。

この状況でそう言い切れる女の子が、いったいどれだけいるだろう。

それに、と紅葉は表情をやわらげた。

「さっき悠月さんもおっしゃってましたけど、あの優しい先輩のことです。きっとこっちの言い分も聞いてくれるでしょうし、私の気持ちを知ったからといって、それだけで冷たく突き放すようなことはしないと思いませんか？」

私は同意の苦笑でそれに答える。

「話したこともない子からのミーハーな告白ならともかく、紅葉相手にはまずないだろうね。きっと真剣に受け止めて、あれこれややこしいことを考えるんだろうな」

一度言葉を句切り、諦めとも憧れともつかない感情を込めて続けた。

「誰かの祈りを無碍にはできないんだよ、ヒーローだから」

わかります、と紅葉は愛おしそうに目を伏せる。

「だとすれば、それは最短距離で後輩の女の子から抜け出してひとりの女として見てもらうチャンスじゃないですか」

ひとりぼっちの声色が祈りそのものみたいに聞こえて、私は言った。

「まだお腹に余裕はある？」

顔を上げた紅葉が不思議そうな表情を浮かべて答える。

「ありますけど……？」

私は軽く立てた親指でカウンターのほうを示す。

「このお店、カヌレも絶品なの」

「カヌレ！」

「外はかりかり、中はしっとり。お手本みたいなカヌレだよ」

「先輩も食べたんですか？」

まったく、と思う。

「あいつはあんまり甘いもの食べないから。それに……」

とん、と指先でテーブルを叩いて言った。

「今日は私とのデートでしょ、紅葉」

目の前にこんないい女がいるってのに、よそ見ばっかりしてたらばちが当たるぞ。

「千歳が知らない私の思い出、ひとつぐらいは持って帰りなよ」

「ゆづっ、ナナさん……」

紅葉はぱっと目を輝かせたあと、すぐにやりきれないといった顔で唇を噛む。

「……私、友達にはなれませんて言いましたよ？」

「彼女でしょ、いまは」

私があっさりそう返すと、今度こそへへっと頬を緩め、

「じゃあ、今日だけは付き合ってあげますね！」

とびきり生意気にウインクしてみせた。

＊

そうしてふたりでカヌレを食べ終えると、紅葉が幸せそうに口を開く。

「本っっっ当に美味しかったです！　私、カヌレってもっとぱさぱさしてて口の水分もっていかれるお菓子のイメージでした」

「でしょう？」

私も最初に食べたときは、お店によってこんなに味が違うのかと驚いた。

今度はマッサン・カレーにも挑戦してみようかな、とこっそり思う。

レシピを考案している人のセンスがいいのか自分の味覚に合うのか、ときどきこんなふうになにを頼んでも間違いないというお店がある。

雰囲気は真逆だけど、なにげに蛸九なんかもそうだ。

そういうお店が心の手帳にいくつか書き込まれていると、毎日が少しだけ楽しくなる。

なんて、あてどなく考えていたらふと、どこか真剣な紅葉の視線に気づいた。

切り出すタイミングを見計らっていたようなので、軽く首を傾けて話を促す。

紅葉はショートパンツの上に置いた手をきゅっと握って言った。

「ナナさん、私からもひとつだけ聞いていいですか？」

「まさか満腹になって心置きなくけんか売る気か？」

私が軽口を叩くと、思ったより寂しげな声色が返ってくる。

「そう受けとられるかもしれませんが、私のなかでは違います」

紅葉はどこか自嘲気味に続けた。

「正々堂々と望むために、借りを作っておきたくないんですよ」

「奢(おご)ると言った覚えはないけど？」

こういうのはあいつの悪い影響だな、と不意に可笑(おか)しくなる。

深刻そうな話の前にはついしょうもない軽口を挟みたくなってしまう。

「それで、聞きたいことって？」

私が言うと、くすくすと笑っていた紅葉はそれを引っ込め、背筋を伸ばして姿勢を正すうと短く息を吸った。

それからまるで腰元の柄へ手をかけるように目を細め、

「――いつまで七瀬悠月(ななせゆづき)を続けるおつもりなんですか？」

すぱんと、一刀のもとに切り伏せてくる。

「――ッ」

私は今度こそ幻覚でも錯覚でもない動悸(どうき)に襲われた。

紅葉は振り抜いた刃を返すように続ける。

「屋上での一件を先輩に告げ口するわけでもなければ、泣きつくわけでもない。

あれだけ挑発されて、これだけ待ったのに、なにか行動を起こしたようにも見えない。

先輩の前でせっかく磨き上げた女を使うこともしない。

あろうことか、こうやって私にまで甘い顔をして……」

言いましたよね、と念を押すように、

「私、本気にもなれない女には負けません」

あの日と同じ言葉を口ずさむ。


「繰り返しになりますけど、私は悠月（ゆづき）さんに傷つけられたら躊躇（ちゅうちょ）なく先輩の家へ駆け込みます。

卑怯（ひきょう）なことはしたくないので歪曲（わいきょく）しませんが、真実はお話しします。

泣いている女の子を放っておけない先輩の胸で、たっぷり甘えます。

状況に流されて優しく抱いてくれないのなら、状況を作って強引に押し倒してみせます。

私の女は、ぜんぶ先輩に捧げるつもりです。

余裕めかして恋敵に塩を送ったりしません」

ああそうか、と私は唇を嚙んだ。
お手本のような恋の本気が、目の前にあるじゃないか。
紅葉は、この美しい女は。

ありったけの自分をあいつに賭けるつもりなんだ。
ありったけの自分でこの春を駆けるつもりなんだ。

――むき出しになった、一輪挿しの心で。

結局、と紅葉は呆れたように言った。

「七瀬悠月という女は先輩よりも美学を重んじるんですね」

自覚症状のある業を突きつけられて、息が止まりそうになる。
ばくん、ざぐんと、心臓の音が痛い。

あの日、雨音の響く体育館で誓ったはずだったのに。

傷つけることさえ恐れない、目の前にいる少女のようにと――――。

「愛する男のために変われない女なんて、私は恐くありません」

鞘（さや）に収める前の刀を血振（ちぶる）いするように紅葉（くれは）は言った。

「バスケ部の友達から聞きました。ナナさん、芦高のエースに勝ったんですよね」

そうして話はこれでおしまいとでもいうように、

「七瀬悠月（ななせゆづき）よりは、まだナナのほうが手強（てごわ）そうです」

目尻（めじり）を下げて哀しそうに笑う。

なにひとつ言い返せない女の前に自分の食事代を差し出しながら、紅葉は席を立った。

「今日はデートに付き合ってくれてありがとうございました」

ぺこりと丁寧に頭を下げて、真っ直ぐこちらを見る。

「ナナさん、いまのがカヌレのお礼です」

そう言い残して立ち去る真っ直ぐ伸びた背中を、私はただただ美しいと思った。

＊

「……できればもう、嫌いになってくださいね」

＊

あんたに言われるまでもなく、本当はとっくに気づいてるんだ。

『七瀬悠月が七瀬悠月で在ろうとするかぎり、私はいつまでも同じ後悔を繰り返すだろう』

『きっと呆れるほどに誰が見ても正しいと思える選択を、なにより七瀬悠月が美しいと信じられる選択をして、だけどそれが私にとっても正しくて美しいとは限らない』

『だけど七瀬悠月は、ただひたすらに。
私の恋を叶えるためにすべてを投げうってはくれない』

『きっと私が七瀬悠月でいる限り、あなたも千歳朔でしかいられないから』

——上等だ、そんなにお望みならナナにでも鏡の魔女にでもなってやる。

*

翌日土曜日の午後、時刻は夕暮れの少し手前。
私たち女バスの面々は、藤志高の体育館で美咲ちゃんを囲んで輪になっていた。
近づくウインターカップ予選に向けた最終調整として、今月は県内外の強豪高校との練習試合が多めに組まれている。

今日はその一戦目で、相手は金沢の朧学園。

ウインターカップやインハイの常連で、実績だけを見たら一枚も二枚も上手だ。

福井は二年前にアキさんとスズさんのいた藤志高が優勝した例外を除けばもうずっと芦高一強が続いているから、向こうは文字どおり軽い調整のつもりだろう。

おあつらえ向きだ、と思う。

どのみち芦高に勝たなきゃ全国へは進めないのだから、格上だからと言ってあっさり負けていたらこれまでとなにも変わらない。

たった一回、不意打ちの１ｏｎ１を制したからといって、それだけで東堂を超えただなんて思い上がるほど夢見がちじゃないつもりだ。

だから試してみたい。

この夏、ウミの熱が伝播したチームを、

――いまの私が、コントロールしたら、どこまで戦えるのか。


美咲ちゃんがみんなの顔をゆっくりと見回してから口を開く。

「このチームは変わった」

「「「はいッ！」」」

「藤志高が朧に勝つなんて夢物語だと思うか？」

「「「思いませんッッッ！」」」

陽が、ヨウが、センが、みんなが迷わずに答える。

「芦高の前哨戦だ、お前たちの夏でこの冬を熱くしろ」

「「「はいッッッッッッ！！！」」」

それから、と美咲ちゃんがこっちを見た。

「ナナ、ゲームメイクはお前に任せる。思うようにやっていい」

「そのつもりです」

私たちのやりとりに、視界の端でウミがぎゅっと拳を握り、悔しそうに唇を噛みしめているのがわかった。

——ごめん、いまは無理。

相方の様子には気づかないふりをして、目の前の試合に集中を高めていく。

藤志高はこれまで、良くも悪くもウミが中心のチームだった。

もちろん試合を組み立てていくのはガードの私だけど、あくまでチームのエースでありスコアラーである相方をどうやって活かすかという考えが根幹に流れている。

だから組織的にウミが抑えこまれるといくら私のスリーで抵抗しても著しくチームの得点力は下がったし、それがひとつのウィークポイントになっていた。

だけど、これからは、もう、

——この手で勝ち星を掴み取る。

「よし、円陣」

美咲ちゃんがぱちんと手を叩き、私たちは互いに肩を組む。

ウミはさすがにキャプテンとして気持ちを切り替えたようで、試合を前にしたらしい面構えに戻っていた。

そうこなくっちゃ、と私は少しだけほっとして息を吐く。

ちらりとこっちを見て、眉間に力を入れたウミがダンッと床を踏む。

「愛してるかい？」

「「愛してるッ！」」

センが、ヨウが、みんなが、ズダンッといっせいに床を踏みしめる。

「その愛は本物かい？」

「「骨の髄まで愛してるッ！」」

「だったらハートに火を点けろッ!!」

「「待ってるだけの女じゃない!!」」

「欲しい男は」

「「抱き寄せろ」」

「振り向かないなら」

「「撃ち落とせ」」

「ウィーアー」

「「ファイティングガールズ!!」」

ズダダダダンッ、とまるで陣太鼓みたいにコートを踏み鳴らす。

そうしてセンターサークルを挟み、両チームが整列した。

――鏡よ鏡。

私は口にヘアゴムをくわえて髪をまとめ、あの日からルーティンになっている自己暗示みたいなおまじないを唱える。

この一戦は自分自身への試金石みたいなものだ。

まんまと乗せられたみたいでまだすとんと腑に落ちてはいないけど、紅葉に突きつけられたのはずっと目を背け続けてきたひとつの答えでもある。

私は鍵を開けて本当の七瀬悠月に会いに行くと決めた。

だけどもしもそれさえ、いや、それこそが愛する男を遠ざけるのなら。

友情も同情も温情も哀情も七瀬悠月さえ置き去りにして、

――私はただのナナになる。

＊

しゅるしゅるとボールが上がり、ヨウと相手のセンターが同時に跳んだ。

青く澄み渡った視界で、私は冷静に周囲の状況を俯瞰する。

身長は拮抗しているけどボールに到達するのは向こうがやや早い。


――バヂッ。

――ぱすん。


となれば、一本目はエースに決めてほしいよね。

ほとんど無音でカットしたボールを身体で隠すようにターンしてすぐに速攻を仕掛ける。

ジャンプボールで弾いたボールの行き先なんて半分は運みたいなものだけど、もう半分の可能性を逃さないために、私は自陣側へポジションをとった朧のスモールフォワード、エースの隣で構えていた。

相手は全国常連の強豪だ。

いまみたいに弾く方向を調整するぐらいの余裕があった場合、ボールを託す先はポイントガードかチームで一番のスコアラーになる可能性が高い。

あとはジャンパーの腕の動きでだいたいの方向を予測し、タップした瞬間にすかさず割り込んだというわけだ。

まあ、こんなものは当たればラッキーのくじ引きみたいなものだけど、とはいえ試合の流れを左右する貴重な先制点。

すかさず詰めてきたディフェンスを緩急のあるステップで軽くいなしながら、ウミの位置を確認する。

「あのばか……」

意気揚々とスリーポイントラインの外で待ち構えている相方を見て、私は軽く毒づいた。

早くお披露目したい気持ちはわかるけど、早々に切り札をさらしてどうする。

こっちが格下とはいえ、県外からわざわざ遠征に来てくれる程度には認められている相手だ。

多少はうちの情報も頭に入れてきてるだろう。

向こうはあんたのスリーも私のインサイドも知らないんだ。

まずはいつものプレースタイルを脳裏に焼きつかせてから、って……。

「——違うだろ」


キキュッ、とスキール音を響かせて私は加速した。

同時に一人目のディフェンスを抜き去り、ゴールを目指す。

東堂には、芦高には、とっくに筒抜けなんだ。

仮に予選の決勝まで温存したところで、全国に進んだら当然のように研究される。

だとすれば朧相手に一回こっきりの騙し討ちを仕掛けたところで、そんな勝ちにはなんの意味もない。

芦高をぶっ飛ばすんだろ。

私はスリーポイントラインの手前で腰を落とし待ち構えているディフェンス、朧のエースに真っ正面から突っ込んでいく。

相手まで約三メートルの位置で軽くスキップのように跳ねてリズムを変えた。

ドライブを警戒したディフェンスが一歩、二歩と下がりスリーポイントラインを踏む。

距離は約二メートル。

「残念、もう射程だよ」

私はスキップステップの着地からそのままシュートモーションに入る。

——ふあん、さしゅ。

高く弧を描いたボールがイメージと寸分違（たが）わぬ軌道でネットをくぐった。

速攻から流れるように放つトランジションスリー。

これまでの私なら確率が下がるからと敬遠していたけれど、不思議なことにいまなら外す気がしない。

相手が自分から引いて好きな位置で気持ちよく打たせてくれるボーナスステージだ。

——全部さらけ出してそれでも勝つ。

——あんたの流儀（挑発）に乗ってあげるよ、生意気な小娘。

だから自陣のディフェンスに戻りながら、

「やっぱり開戦を告げるのはエースの一本からじゃないと、ね？」

近くを走っていたウミへ、いかようにでも受け取れる言葉を置き手紙みたいに残す。

「っ、ナナッ――」


悪いけど、のんびり話し込んでる時間はない。

あわよくばこの一本で主導権を握りたかったところだけど、さすがはインターハイ常連校。

わたふた取り乱すでもなく、冷静にボールを入れてくる。

とはいえ、向こうのエースは出鼻をくじかれてそれなりにお冠みたいだ。

ぎりっと私を睨みつけながらボールを催促している。

それでこそエースだ、乗ってこい。


『鏡の魔女かよ』


キィン、と私はもう一段階、集中力を高める。

ポイントガードからパスを受けたエースがこちらに突っ込んでくる。

やられたらやり返す、ってね。

ドリブルしているのとは逆側の足を長めに着地させて一瞬の溜めを作るヘビーステップでリズムを変えた。

――来る。


キッ、と鋭いドライブで私の左側から仕掛けてくる。

さすがに速い、切れは東堂(とうどう)並みか。

だけどこの程度は想定内、と私は腰を落としてきっちり張りつく。

一手で抜けないと悟ったのか、開いた脚の下を通すレッグチェンジで仕切り直しとばかりにボールを左へ持ち変える。

そのまま私の右側へ、まるで初心者のドリブルみたいに大きくボールをついた。

ウミもヨウも近くに控えてる方向だってのに、

――そりゃフェイク(シャムゴッド)だろ。

踵(かかと)に体重を残しながら釣られたふりをして軽く右足だけ踏み出すと、案の定、すかさず右手でボールを回収してふたたび逆側から抜きに来る。

実戦できれいに決めるのはさすがだけど……。

おあいにくさま、と私はそのボールをかすめ取った。


「なッ……」


最初のフェイクさえ読んでいれば反応するのは難しくない。

シャムゴッドを完璧に決めたいなら相手の足を見ろ。

東堂に比べたら残心が甘いぞ、と私はそのまま速攻に移る。

味方側で真っ先に反応しているのは右後方を駆け上がってくるウミ。


「よし、いい子だ」


さっきのトランジションスリーを警戒しているのか、相手方のディフェンスは距離をとらずに張りついてくる。

スリーポイントライン手前のヘビーステップで、ウミが私を追い越す一瞬の時間を作った。

そのまま味方(相方)のいる方向に大きくボールをついて踏み出すと、ディフェンスがクロスステップで反応する。

瞬間、私はすかさず左手でボールを回収して逆側から一気にドライブを仕掛けた。

——ふあっ、さしゅ。

フリーで打ったレイアップが当然のようにあっさり決まる。

振り返ると、朧のエースが今度こそ怒りの籠もった目でこちらを睨(にら)みつけていた。

自分が止められたスキル(シャムゴッド)でまんまとお返しされたんだから当然だろう。

心まで騙(だま)してこそフェイクだよ、朧のエースさん。

そうしてディフェンスに下がりながら、思う。

これまでだったらまずはウミを立てていた。

自分が認めたエースを端(はな)から撒き餌(まえ)のように扱ったら敵に示しがつかないってのはもちろん、試合の流れを掌握するパスとここぞってときに抜いて流れを変える伝家の宝刀(スリー)がポイントガードとしての信条だった私にとって、強引にインサイドへ切り込むのは美学に反したからだ。

わざわざ自分が止めたスキルをひけらかして挑発するような真似(まね)もまずしなかった。

相手の心を揺さぶるには効果的かもしれないけれどあまり美しいとは言えない、いや、これまでの自分にはそう思えなかったからだ。

「鏡の魔女、か」

東堂が冗談めかして口にした言葉。

だったらいまの私が一番に映すべきなのは誰だ？

勝つためには手段を選ばす、傷つくことも傷つけることも恐れず、たったひとつのゴールへ向かって一途に駆け抜ける。

ともすれば、その生き様こそが美しいと感じさせてくれるような。

――ああそうか、これが私を打ちのめした紅だ。

振り向かない男を撃ち落とすためなら、月を隠したナナでいい。

＊

――怖い。

第三クォーターを終えたインターバル。

私、青海陽(あおみはる)は無意識のうちにぶるっと肩を震わせながらスコアを見る。


四十二対五十五。


前者が朧で後者が藤(ふじ)志高だ。

誰の目にも明らかなほどに、インターハイ常連の強豪を私たちが圧倒していた。

いや、違う。

誰の目にも明らかなほどに、インターハイ常連の強豪をナナが圧倒していた。

少し前に考えたことがある。


『成長っていうのはなだらかな曲線じゃない、と私は思う。

もちろん日々ゆっくりと技術や体力は向上しているんだろうけど、それでも階段の踊り場で足踏みしているような停滞を感じる時期が必ず訪れる。

練習の質も、量も、限界まで振り絞って追い込んでいるはずなのに、理想のプレーばっかりが先走って身体(かんかく)がついてこない。

だけど、ある日。

すこんと天井が抜けるように、階段を二つか三つ飛ばしで上がってしまう。

まるで昨日までの自分を脱ぎ捨てたみたいに身体が軽くなり、描いていた数歩先のプレーに追いついて、やがてぴたりと重なる』

スズさんやアキさんとの試合を終えたあとは確かにそういう実感があったけれど、舞との１ｏｎ１以降のナナはちょっと異常だ。

愚直な私と違って、センスがいいことは知っていた。

運動神経で引けを取ってるとは思わないんだけど、たとえば自分だったら何日も練習してようやく様になるドリブルスキルをナナはひと目見ただけであっさり再現してみせる。

いったん習得したら平然と応用のコンビネーションを披露するし、その場のひらめきで独創的なプレーを組み立てることもわかってた。

だけどこれまでのナナにとって、そういうのはあくまでもお遊びの範疇。

私との１ｏｎ１で試すことはあっても、いざ実戦になると、そのセンスや創造性はポイントガードとしてのゲームメイクとパス、そしてスリーに集約されていた。

だけど舞との一戦を経てナナは点取り屋としての能力を開花、いや、端から秘めていたスコアラーとしての実力を出し惜しみしなくなったのだ。

これまでなんとなくインサイドは私の領分、パスやアウトサイドはナナの領分という暗黙の了解があったけど、スズさんやアキさんとの試合を経て先に相方の領分（パスやスリー）へ足を突っ込んだのはこっちだから文句を言う筋合いなんてどこにもない。

そうして自分で点を取る、という選択肢を手に入れたナナのゲームメイクは寒気がするほどに神がかっていた。

ゲームの流れをコントロールしてるなんて甘いもんじゃない。

——ナナがコートを支配している。

圧倒的な得点力をもったポイントガードがこんなにも厄介な存在だとは思わなかった。

外からも中からもずたずたに引き裂いておきながら、ナナを潰（つぶ）そうとやっきになってディフェンスの枚数を増やせばすかさず私やヨウを使い始める。

使われている、と私はユニフォームをぎゅっと握りしめた。

実際、自分で決めるかゴールに直結するパスを出すか、どちらかの形で得点の大半にはナナが絡んでいた。

ちゃんと数えたわけじゃないけど、感覚的に五十五点のうち四十五点ぐらいはそうだったとしても驚かない。

もちろん私も何本か決めているけど、スコアラーとしての役割を果たしているという感覚はまったくなかった。

ドライブのひとつさえ必要ない、どうやったって外しようがない状況を作り上げたうえでもらうパスなんて、代わりに打たされているだけで実質的にはナナの得点だ。

朧からしたら、絶対のエースが君臨するワンマンチームに見えているだろう。

今日の私はゴールを落とすという目的のもとナナが周到に配置した駒みたいなものだ。

とはいえ、なにもチームプレーを無視して独断専行しているわけじゃない。

むしろいつも以上に冴えた目で状況を俯瞰(ふかん)している。

だからもしもワンマンに見えているなら原因は私たちのほうだ。

ただ自分で狙ったほうが確実なシーンが多いだけ。

ただ仲間が確実に決められるパスを出しているだけ。

——ただ彼我(ひが)の差がありすぎるからそう映ってしまうだけだ。

私たちがナナのプレーに合わせられていない。

だからナナが私たちを使うしかないんだ。


――ピルルッ。


行き場のないやるせなさを解消できないままに、第四クォーターの始まりを告げるホイッスルが鳴り響く。

くそッ、と私は首にかけていたタオルを乱暴にはずした。


『やっぱり開戦を告げるのはエースの一本からじゃないと、ね?』


ふと、第一クォーターで投げかけられた言葉がよみがえってきた。

あれがナナなりの発破だってことはわかってる。

最初の一本はウミが決めなきゃ締まらない、じゃなくて、いまのエースは自分だというあいつらしい高飛車な宣戦布告。

いつもだったらむきになって食ってかかるところだけど、こんなざまじゃ……。

どこかすがるように相方の姿を探すと、パイプ椅子に座ってひとりでしんしんと集中していたナナが静かに立ち上がる。

その眼差しは仲間に向けられるでも敵を睨みつけるでもなく、ただ真っ直ぐゴールへと注がれていた。


――歯がゆいよ、ナナ。


私はコートへ向かいながら、ぎゅっと唇を噛む。

舞はミニバスで初めて対戦したときにはもう県で名の知られた選手だったから追いかけるのが当たり前だったし、何度ぶっ飛ばされたって今度こそはと立ち向かうことができた。

でも、ナナは……。

ずっと肩を並べて戦っていると思っていた相方の背中が遠ざかっていくのは、それをなにもできずにただ眺めているのは、こんなにも怖いんだろうか。

第一クォーター以降、プレー中の指示以外にナナと会話はしていない。

入部以来、そんなことは初めてだった。

いつだってインターバルやハーフタイムになると、互いのプレーを褒めたり逆にまずかったところを指摘したり、次のクォーターでの攻め方を相談したり、いっしょになってチームのみんなを叱咤激励したり……。

だけど今日は、私からナナにかけられる言葉がなかった。

相方のほうも、私の言葉を求めてはいないみたいだった。

まるで自分自身と対話しながら、その向こう側にいる誰かの面影と戦っているようで、

——こっちを見てよ、ナナ。

ひとりぼっちの泣き声は、体育館の床に落ちてばうんとまぬけに跳ねた。

*

第四クォーターも終盤。

スコアは五十一対六十二。

強豪の意地で少しだけ差を詰められたけど、依然としてナナの独壇場だ。

残り時間はもう三十秒を切っている。

私は私でこのクォーターはなんとか意地を見せようと、一か月間飽きるほど練習してきた

ツーハンドのスリーを積極的に打った。

だけど、こみ上げてくる焦燥感からかフォームはちぐはぐ。

どれも打った瞬間に入らないと確信できるほどひどいシュートになってしまった。

せっかく時間を割いて付き合ってくれていたナナに申し訳なくなる。

だけどあいつは、気にするなとでもいうように軽く手を上げ、こっちを見ることもせずにすぐ次のプレーへと集中していく。

その程度のミスはすぐに取り返すから問題ない、だから早くボールを寄越せ。

まるでそう言われているみたいで、きゅうっと胸が苦しくなる。

ナナにとってはフォローのつもりかもしれないけど、私にとってそれは最初から計算に入れてないって突き放されてるのと同じなんだよ。

置いてけぼりの寂しさだ、と思う。

かわいい後輩だと思っていた紅葉が千歳と私より上手にキャッチボールしているのを見たときも、ライバルになれたと思っていた舞がナナとの勝負に熱くなっていたときも、対等だと思っていたナナがそんな舞を圧倒していたときも、いつだって自分だけが取り残されている。

私にはあんたたちみたいな身長も、センスのよさも、見てくれのよさも女らしい色気だってなにひとつ持ち合わせてないのに。

このがむしゃらで愚直なバスケしか取り柄がないってのに。

「くっそおおおおおおッッッ」


私は最後の意地を振り絞って全力でゴールに向かって駆けた。

気づけば残された時間は十五秒。

多分これがラストプレーになるだろう。

相手のボールをスティールして速攻を仕掛けたナナが、スリーポイントラインの二メートルぐらい手前でディフェンス二枚と対峙(たいじ)している。

その奥、ゴール付近にもう一人。

何度も似たようなカウンターを食らって警戒していたのか、向こうの戻りが早い。

試合中だってのにほんの一瞬気がそぞろになって足が止まっていた私はともかく、ナナのスティールがあまりに鮮やかすぎて他のみんなもフォローが追っついてないみたいだ。


「ナナッ!!!!!!」


相方の横を駆け抜けながら私は叫んだ。

インサイドの１ｏｎ１なら私の領分だ。

最後の最後ぐらい、相方の支えになってみせろ。
キキュッ、とポジションをとってナナを見た。
それに反応したナナがドリブルしながら一歩引いてディフェンスと距離を作った。
バチッ、となんだかこの試合で久しぶりに目が合ったような気がする。

──来る。

いつもの感覚に身を委ねてゴールに向かう。
相方が出してくるならそのままドライブに移れるもう二歩、いや三歩先へ低いパスだ。
ナナはドリブルのリズムを変えて私がいるのとは逆側に向け鋭く踏み出す。
二枚のディフェンスのうち一枚がそれに反応した。
これはフェイク、そのままノールックで流れるようにこちらへ────。

「え……」

パスの動作にもう一枚のディフェンスが釣られたのを見て、ナナが予定調和のようにすっと腰を落とす。

スリーポイントラインから一メートルと一歩分手前。

傾き始めた西日がコートに反射して波打ち際のようにちらちら揺れた。

長く伸びたナナの影が、しゅるりと静かにその上を滑る。

そうして彫刻みたいに芸術的なフォームから高く弧を描いた放物線は、

——さぱっ。

包み込まれるようにやわらかくネットをくぐった。

——ビーッ。

無情にも試合終了を告げるブザーが鳴る。

ああ、そっか。

私が呼ぶ声は、いまのあんたにとって数あるフェイクのひとつに過ぎないのか。

＊

そうしてクールダウンと片付けや掃除を終えた私たちは、朧学園を見送ってから美咲ちゃんを囲んでふたたび輪になっていた。

チームメイトたちがまだ興奮冷めやらぬといった様子で口々にはしゃいでいる。


「今日のナナさんめちゃくちゃやばくなかった!?」

「てか私たちあの朧に勝ったんだよね!?」

「美咲ちゃんが言ってたとおり今年の夏の成果!?」

「そりゃあんだけ追い込んだんだもん！」


違う、と私は悔しさにユニフォームを握りしめた。

確かに夏の成果は出ていた。

みんな最後までバテることなく走り切れていたし、強豪相手に一歩も引かないという気迫がみなぎっていた。

自分で線を引いてあがく前から諦めていた夏までとは雲泥の差だ。

だけど、こんなのは……。


ひとりぎゅっと拳を固めていると、ヨウがナナの肩をがしっと抱いた。

「ナナとのコンビネーションもばっちりハマってたよな！」

ナナはふふっと素知らぬ笑みで首を傾けた。

「だね」

とぼけんな、と私は勝利の余韻に水を差さないよう必死に唇を噛む。

センがそれに続いた。

「いまの私たちなら本当に全国も夢じゃないよね」

ナナは優しげに目尻を下げてみせる。

「そのために練習してきたんでしょ」

私たちじゃないだろ、と堪えきれなくなって目を逸らす。

なんで、どうして、みんなそんなふうに喜べるんだ。


こんなにも狂おしいのは、やるせないのは、私だけなのかよッ――――。

ぽん、とまるで見計らっていたように美咲（みさき）ちゃんの手が肩に置かれた。

顔を上げると、私だけに伝わるようほんのわずかに首を横に振る。

あらためてみんなを見回し、美咲ちゃんが口を開いた。

「よくやった、少しは自分たちの成長を実感できたか？」

「「「はいッッッ！」」」

「ウインターカップも近づいてきている。朧に勝ったことは胸を張っていいが、今年の芦高はさらに格上だ。驕（おご）ることなく練習に励むように」

「「「はいッッッ！」」」

「それからナナ」

「はい」

「これがお前の出した答えか？」

その問いかけに、ナナはさして動じるでもなく淡々と言った。

「少なくとも現状では、芦高に届きうる唯一の刃だと思います」

わかった、と美咲ちゃんが優しく目尻を下げる。

「今日は解散、ゆっくり身体を休めろ」

「「「お疲れさまでしたーッッッ！」」」

そうしてナナが、みんなが、部室のほうへと引き上げていく。

なんとなくいっしょに着替える気分になれなくてひとり佇んでいると、美咲ちゃんがどこか温かい眼差しをこちらに向けた。

「ウミ、このあと時間あるか？」

私はその意図がわからないまま、途方に暮れた迷子のようにとぼとぼと頷(うなず)く。

「なら、一杯付き合え」

「へ？」

＊

みんなが帰るのを待って部室の戸締まりを終えると、あたりはすっかり暗くなっていた。

私は美咲ちゃんが運転するかくかくした丸目の古いランドクルーザーに乗せられて福井駅前まで来ている。

適当なパーキングに車を止めた美咲ちゃんのあとをわけもわからずに着いていくと、青いネオンに赤いちょうちんの見慣れたロゴが目に入った。

「って、生徒連れて秋吉⁉」

私が思わず叫ぶと、美咲ちゃんはいたずらっぽく片目をつむる。

「福井で一杯と言ったらここに決まってるだろ」

そうして自動ドアを抜けると、店員さんが馴染(なじ)みの決まり文句を口にした。

「はいお嬢さんいらっしゃーい！」

案内されるがままカウンター席に並んで座り、私はやれやれと言う。

「美咲ちゃん、私制服なんだけど」

「心配するな、姉妹だと思われるさ」

「どっちかっていうと親子いだいッ?!」

バヂンッと間髪入れずにデコピンをお見舞いされて、いててとこめかみをさする。

ちょうどそのタイミングで、胸元が大きくはだけた制服にねじりはちまきの男性店員さんが注文をとりにきた。

「生をひとつと、ウミも飲むか？」

こっちを見た美咲ちゃんに、私は呆れてため息を吐く。

「急に蔵センみたいなこと言わないでよ」

「おいそのたとえはやめろ」

その反応が想像以上に嫌そうで思わずぷっと吹き出す。

「じゃあ、私はサイダーで」

店員さんが聞き取ったのを確認して、美咲ちゃんが続ける。

「あとはとりあえず、しろ十、純けい十、若どり十、ピートロ十、串カツ十、玉葱フライ、あげおろし、キューリ、キャベツのソースと……」

そこで一度言葉を句切り、こっちを見た。

「私はミックスで」

「あいよーッ」

店員さんが元気よく返事をしてカウンター内にある焼き場の人たちに注文を伝える。

それにしても、と美咲ちゃんの横顔をこっそり盗み見た。

公式戦が終わったあとにみんなで打ち上げしたり、部活が休みの日にナナと自主練してたら終わったあと8番に連れていってくれる、みたいなことはこれまでにもあったけど、ふたりで秋吉ってのはさすがに初めてだ。

しかも他のメンバーには声をかけず、私だけ。

せっかくの朧戦だってのに締まらないプレーになってしまったことを叱られるのかと思っていたけど、どうにもそういう雰囲気じゃない。

あれこれ考える間もなく、さっそく店員さんがビールとサイダーを持ってきてくれる。

美咲ちゃんがこっちに向かってにっとジョッキを掲げた。

「よし、乾杯するか」

私は少しだけ躊躇ってから、渋々とそれに倣う。

美咲ちゃんはなぜだか穏やかに目尻を下げながら言った。

「終わってしまった、夏に。

変わってしまった、秋に」

「今日の勝利に、じゃないの……？」

「気分じゃないだろ、いまは」

なんだお見通しか、と私は苦笑して肩をすくめた。

それで少し気が楽になって、喉を潤す。

炭酸の強いサイダーは、終わってしまった夏の味がした。

「ぷっはーーーーーー、たまらんッッッ!!!!!!」

「やっぱ蔵センか！」

唇に泡をつけた教師にふたたびつっこむ。

美咲ちゃんはそのままぐびぐびと半分ほどをひと息に飲み干して、ごんっとジョッキをテーブルに置く。

「そのたとえはやめろと言っただろ」

「先にその振る舞いをやめようよ」

って、言ってるそばからテーブルに肘ついて乾杯してるうちに届いたキューリ美味そうにかじってるし。

私も真似して一本もらう。

最初に頼む野菜の定番はキャベツ派のほうが多いかもしんないけど、これも絶妙な塩加減で無限にいけるやつなんだよな。

そうこうしているうちに、キャベツや焼き鳥も並べられていく。

「ままならないもんだよな」

さっそく純けいを手に取った美咲ちゃんが不意にぽつりと漏らした。

「相方の背中が遠ざかっていくのは、けっこうやるせないもんだろ」

はっと、私は思わずその横顔を見る。

美咲ちゃんは純けいをこりこり食べながら、どこか遠くを見るような目をしていた。

もしかして、この話をするために誘ってくれたのか。

私はスカートの上でぎゅっと拳を握りしめてから、怖ずおずと口を開く。

「センも、ヨウも、みんな素直に喜んでて……。

今日の試合が悔しかったのは私だけなのかな?」

美咲ちゃんはふっと笑ってひと口だけビールを飲んだ。

「センたちに悪気があるわけじゃない。まだその域には達していないというだけだ」

今度はしろを手に取りながら続ける。

「今日のあいつらは、強豪に勝ったという自信を素直に持って帰ればいい」

だけど、と私は我慢できずに口を挟んだ。

「私たちが朧に勝ったんじゃない。ナナが朧にひとり勝ちしたんだ」

言いながらまた悔しさがこみ上げてくる。

ずっと肩を並べて走ってきた相方だと思っていた。

私が芦高をぶっ飛ばすと言ったとき、そこには当然ナナと、みんなといっしょにという意味が込められていたし、向こうだって同じ気持ちでいてくれてると思ってたのに……。

「ままならないもんだよな」

美咲ちゃんはしろを肉タレにつけながら、もう一度おなじ台詞をつぶやく。

「私はずっとナナが本当の自分に向き合うときを待っていた」

そのままこちらを見て、どこか困ったように笑った。

「これまでにも、あいつのたがが外れる瞬間というのは見てきただろう?」

私はこくりと頷く。

たとえば千歳がなくなったバッシュを探し出した五月の練習試合なんかがそうだ。

以前からナナにはときどき、信じられないプレーを見せるときがあった。

「ウミには説明しなくても伝わると思うが、スポーツではここぞという場面で実力以上の力が引き出されるなんていうご都合主義はない。きっかけがなんであれ、そこで発揮されるパフォーマンスはどこまでいってもただの実力でしかないんだよ」

美咲ちゃんはぱくりとしろを食べて串カツに手を伸ばす。

「だけど東堂みたいな例外を除けば、ほとんどの人間はその実力の引き出し方がわからない。だからピンチに陥った火事場の馬鹿力だとかゾーンだとか、そういう偶発的な引き金に頼らざるを得ないんだ」

私も身に覚えはある。

芦高との練習試合とか、スズさんたちとの一戦がそうだ。

あのときは確かに普段以上の実力を発揮できているという感覚があった。

美咲ちゃんは串カツを頬張り、呆れたようにため息を吐いた。

「ナナの場合はもっとたちが悪い。

あいつは自ずからたがを締めているふしがあった」

にんにくなんばを肉タレに入れながら、私は理解に苦しんで首を傾ける。

「それ、って……？」

「断っておくが、なにも手を抜いているという意味じゃないぞ」

美咲ちゃんはいつのまにか飲み干していたビールのお代わりを頼んで頬杖をついた。

「ナナなりの美学なんだろうな」

美学、と私はあまり馴染みのない言葉を心の内で反芻する。

なぜだか千歳の顔が頭をよぎり、ぶんぶんと頭を振った。

美咲ちゃんがキャベツをつつきながら続ける。

「あいつは自分なりのルールで自分を律することが美しい生き方だと信じているきらいがある。なにも悪いことじゃないし、だからこそいまのナナが在るんだと思う。だけどそのややこしい決まりごとのなかには無意識のうちに、自分の限界を他人にさらけ出さない、みたいな項目もあったんだろうな。より正確に言えば、限界を見せるならその先の限界を作ってからにしろ、というところか」

あいつらしいよ、とそう言ってビールを飲む。

常に全力全開を信条にしている私にとって、わかるようでわからない話だった。

そんなのずるじゃん、と苦い想いがこみ上げてくる。

美咲ちゃんは理解できてるみたいだけど、つまりは余力を隠してたってことで、それは手を抜いてることとはなにが違うんだろうか。

いまさらになって、はいこれが私の本気とか後出しされても困るじゃん。

じゃあこっちも、って取り出せるものなんかないのに。

私の心境を察したのか、美咲ちゃんの声がいつもよりやさしくなる。

「ほら、食え」

そう言って差し出されたいつもは大好きな純けいを口に入れても、まるでゴムまりを噛んでいるみたいに味がしない。


——透明な天井だ、と思う。


舞とバスケをしていると、ときどき感じることがあった。

遙か頭上にいるあいつとのあいだには透明な天井がある。

私は限界まで振り絞りながら必死に跳び上がり、どこかにあるはずの扉を探そうとノックし続けているのに、いつまで経っても中に入れてもらうことはできない。

舞は向こう側でしゃがみ込んだまま面白そうにちょっかいを出してきているけど、本当はその奥にあるもっと大きな部屋で自由に飛び回れるんだ。

もしかしたら扉なんてないのかもしれないと弱気になって、それでもしつこく叩き続けていたらいつか天井が割れるかもしれないって信じてたのに………。

気づいたら、いつのまにかナナも向こう側の世界にいた。


本当は扉の位置を知っていたんだ。

本当はその鍵を隠し持っていたんだ。

だったらなんで教えてくれなかったんだよ。

肩を並べてるって思ってた私が惨めじゃんか。


才能、と私の大嫌いな言葉が思わず口を衝きそうになって、はっと思いとどまる。


私は美学なんて高尚なものは持ち合わせていないけど、それだけは駄目だ。

たとえ余力を隠していたのだとしても、ああ見えてナナが、もちろん舞だって、誰よりも熱く泥臭い努力をしていることは知ってるだろ。

それをたったひと言で片づけたら、私はあいつらの前に立つ資格さえなくなってしまう。

自分への苛立ちを流しこむようにぐびぐびとサイダーを飲み干す。

そうして少しだけ冷えた頭で、ふと気になっていたことを口にする。

「でも、じゃあ、なんだってナナは急に……」

意識的なのか無意識のうちになのかは知らないけど、理解もできないけど、とにかく本当の実力を隠していたってのはなんとなくわかった。

だったら逆に、どうしてそれを見せつけるようになったんだろう。

美咲ちゃんはなぜだか懐かしそうに目を細めて、

「——出し惜しみしない美しさもあることを知ったんだろうな」


遠い過去を指先でなぞるように言った。

「出し惜しみしない、美しさ……」

私がぼんやり復唱すると、どこか寂しげに眉を下げる。

「できればそれを教えてやるのは私たちでありたかったけどな」

とにもかくにも、と美咲ちゃんが続けた。

「私はナナが心置きなくその実力を振るえるようになる日が来ることを待ち望んでいた。あいつ自身も口にしていたが、そうすれば芦高に、東堂に届きうる刃になる、とな」

その言葉にまた悔しさがこみ上げてきて、思わずうつむいてしまう。

美咲ちゃんが呆れたようにため息をついた。

「そしたら今度は置いてけぼりになったエースがしょんぼりしているときた。ままならないよ、本当に」

私は目を伏せ弱々しい声でそれに答える。

「美咲ちゃんが期待してたのはナナなんでしょ。だったらエースはもう……」

ああ、情けない、こんな言い方は卑怯だ。

そんなことないって慰めてほしいだけの、子供じみた稚拙なおねだり。

美咲ちゃんはどこか困ったように眉をひそめてそっと手を私の頭に近づけ、

「ばかもの！」

「いッだああああッッッ?!」


ズガンッと、さっきより強烈なデコピンをお見舞いしてきた。

いま脳みそ揺れたぞ、これ以上ばかになったらどうしてくれるんだ。

まったく、と呆れたようにため息を吐いて美咲ちゃんが言った。

「夢を見たんだよ」

思ったよりもアンニュイな口調に、私はその横顔を見る。

少しだけ酔いが回っているのかもしれない。

頬(ほほ)は心なしかほんのり赤く、瞳(ひとみ)はとろんと潤んでいる。

「ウミとナナが入部してきた初日のこと、覚えてるか？」

私はわざわざ思いだそうとするまでもなく、へっと口の端を上げた。

「美咲ちゃんがみんなにコートネームつけてくれたあと、一年のリーダーを決めろって言われて、ナナとばっちばちに揉(も)めたっけ」

美咲ちゃんがビールをぐびぐび飲んで、可笑(おか)しそうに肩を揺らす。

「まだ練習すら始まっていない初日だ。私は単にみんなへの連絡係とか、その程度のつもりで言ったんだけどな」

「それはナナが悪いんだよ」

私も美咲ちゃんが追加で頼んでくれたサイダーで口を湿らせてから言う。

「『私がやるよ』って当然のことみたいな顔で言うんだもん」

その言葉に、隣で肩をすくめる気配が伝わってくる。

「あいつは正しく私の意図を理解していたんだろう。そのへんはナナらしいというかなんというか、面倒ごとを自分で引き受けようとしただけなのに、食ってかかったのはウミだろ」

いま考えればそうだったんだろうけど、と私は続けた。

「あの当時はナナのややこしい性格なんてわからないじゃん。私はリーダーとか言われたら条件反射で一番バスケ上手(うま)いやつがなるって思っちゃうタイプだし。だから、『え、なんで？　私のほうが強いのに』って」

美咲(みさき)ちゃんがぷっと思いだしたように吹き出す。

「あのときのナナは傑作だったな。てっきりクールな選手(おんな)なのかと思ってたのに、わかりやすく眉(まゆ)をひくつかせて」

ああ、そうだった……。

『え、なんで？　私のほうが強いのに』

『……ほう？　それはどういう意味かしら？』

『だってあんた、中学のとき県大の準決勝で私にぶっ飛ばされたじゃん』

『私のチームが、あなたのチームに負けただけだから。間違っても、七瀬悠月がちびっ子に負けたわけじゃない』

『はーん！　ほーん！　言ったな言っちゃいけないこと言ったなだったらこの場で白黒つけてやる１ｏｎ１で勝負だナナごらぁッ!!』

『上等、コートネームでけんか売ったってことはそれ真剣勝負ってことでいいんだよね、ウミ』

在りし日のやりとりをそこまでなぞると、美咲ちゃんが堪（こら）えきれないといったようにお腹（なか）を抱えて苦しそうに笑っている。

「っくっく、まったく前代未聞だよ。入部初日に同級生も先輩も顧問も差し置いて１ｏｎ１おっ始めたのは後にも先にもお前たちだけだ」

「面白がって秒で許可出したの美咲ちゃんでしょ」

懐かしい、なんだかもう遠い昔みたいだ。

結局それから、同級生も先輩たちもみんなが見守るなかできれっきれにやり合ったっけ。

いま思えばほんととんでもない新入生だけど、ケイさんなんかのりのりで野次飛ばしてた。

美咲ちゃんに納得いくまでとことんやってみろって言われたから、点数の上限は設けずにどっちかが降参するか動けなくなるまでってルール。

私が三本ドライブで抜き去ってゴールを落とせば、ナナが平然とスリーを二本決めてくる。

そんなことを日が暮れるまで続けたせいで、途中からは呆（あき）れて誰もスコアをめくってくれなくなって、最後はふたり並んでコートにぶっ倒れた。

『私のほうがたくさん抜いたから』

『私のほうがたくさんスリー決めたから』


あんとき、本当は結局どっちが勝ってたんだろうな。

同点だったらいいな、と思う。

ようやく笑いの収まった美咲ちゃんが、ピートロ片手に口を開いた。

「面白いふたりだと思ったよ。クールに状況を俯瞰しながらセンス溢れるプレーで着実にゴールを落とすナナと、プレーは荒削りなのに溢れんばかりの熱で強引にゴールをもぎ取るウミ。スタイルは真逆なくせしてどっちのバスケにも華があって、互いに一歩も引かなくて、こいつらはいいコンビになれると思った。なにより」

一度言葉を句切り、こっちを見て続ける。

「――魂の形がよく似ていた」

魂、と思わず私は自分の左胸を押さえた。

「骨の髄まで焦がれているような、一滴残らず搾り出そうとしているような、自分の生き様を投影しているような、初恋に殉じているような」

美咲ちゃんがどこか愛(いと)おしそうにぽつりとつぶやく。

「そういう魂(ハート)の形が、な」

私の反応を待つでもなく、言葉が続く。

「だから私は、夢を見たんだ」

いつの間にか美咲ちゃんが頼んでいた焼酎(しょうちゅう)のロックグラスがからんと鳴った。

「このふたりなら、私たちも、スズとアキも、そして東堂(とうどう)を有する芦高ですら、まだ見果てぬ夢を……」

「美咲ちゃん、それって……」

私が問い返すと、とろんとした瞳(ひとみ)に確かな熱を宿しながら。

「全国制覇、さ」

「──ツッツ」

美咲ちゃんの口から、そんな言葉を聞くのは初めてだった。

打倒芦高、というのが私たちの掲げている当座の目標だ。

こと福井においてそれは全国大会出場を意味する。

もちろん私だって根っからの体育会系だ。

その先を考えたことがないといったら嘘になる。


――いや、いつだって心はその先を見据えていた。


バスケの名門でもない進学校でイチから這い上がって全国制覇。

ありったけを賭けて本気でスポーツに打ち込んだことのない人が聞いたら夢物語のひと言で片づけられちゃうかもしんないけど、私に言わせればスポーツマンのくせして頂点を夢見ることさえできないのか、と思う。

もちろん、現実がそう甘くないことなんてわかってる。

あの芦高でさえ、東堂でさえ摑み取れない勲章だ。

全国から、いや、ともすれば海外から有力な選手をスカウトしている私立の名門高校に、たまたま進学校に集まった即席のメンバーで立ち向かおうだなんて、鼻で笑われたって仕方ない。

それでも。

──一等賞を目指さなきゃ、青春丸ごと捧げた意味がないだろう。

ほらな、と美咲ちゃんは言った。

「そういうところが、お前たちはよく似ているよ」

ああそうか、ようやくすとんと腑に落ちた。
なんにも小難しいことはない。
あいつは、ナナは、七瀬悠月という女は、

──本気で一等賞を摑み取りにいこうとしているんだ。

これまでの自分を捨ててでも。
これまでの相方を置き去りにしても。

これまでの美学をかなぐり捨ててなお。

――撃ち落としたい男のために。


全力全開が聞いて呆れる。

あいつのほうがよっぽど真剣じゃないか。

うじうじといつまでも未練がましく過去にしがみついて。


終わってしまった夏。

変わってしまった秋。


私はいつまで取り残されてるつもりだよ。


それにな、と美咲ちゃんが言った。

「私が待っていたのは、待っているのは、ナナだけじゃないぞ」

「え……？」

私がきょとんと目を丸くすると、ころんとロックグラスの氷が転がる。

「言っただろう、私はこのふたりに夢を見たんだ」

それは、と知らず拳を握りしめながらつぶやく。

「私にもまだこの先があるってこと……？」

美咲ちゃんはふっとやわらかく目尻を下げて、

「当たり前だろう、お前は私が認めた藤志高のエースだぞ」

まるで少女みたいにくしゃっと笑った。

気を抜いたら涙がこぼれてしまいそうで、慌ててサイダーを飲む。

喉を通り抜ける炭酸が、ぱちぱちと私の代わりに泣いてくれた。

それでも呑み込みきれなかった弱音が、しゅわしゅわ頼りなく漏れる。

「でも、私にはナナみたいに隠している力なんて……」

美咲ちゃんの手が、さっきと同じように頭へ伸びてきた。

また叱られちゃうな、と思いながらぎゅっと目をつむったら、

「いいんだよ、お前はナナじゃない」

ぽんぽんと優しく頭を撫でられる。

「ウミにはウミにしかない武器がちゃんとある。だけどナナがそうしたように、自分で気づくしかないんだ。これはお前たちのバスケだからな」

美咲ちゃんが手のひらを眺めながら、まるで恋するように初心な笑みを浮かべた。

「大丈夫、私もそうだった」

ああそっか、と不意に思う。

私にとっては先生で、顧問で、尊敬する大人でもあるこの人にだって、十七歳の少女だったころが確かにあったんだ。

美咲ちゃんは、どんなふうに青春と、バスケと向き合っていたんだろう。

そう考えてふと、私は引っかかっていたことを尋ねてみる。

「美咲ちゃん、さっき私たちって……」

全国制覇という言葉に驚いて流してしまったけれど、

『このふたりなら、私たちも、スズとアキも、そして東堂を有する芦高ですら、まだ見果てぬ夢を……』

確かに美咲ちゃんはそう言っていた。

普段の練習や指導の的確さはもちろん、スズさんとアキさんとの試合であれだけのパフォーマンスを見せていたんだ。

現役のころも相当なプレーヤーだったってことはわかる。

だけど言われてみれば、過去の話を詳しく聞いたことはなかった。

やっぱり少しは酔いが回っているんだろう。

美咲（みさき）ちゃんはどこか恥ずかしそうに目を逸（そ）らしながら言った。

「ウミとナナみたいに、私も相方と呼べる相手がいたんだ」

「そうなんだ!?」

私が思わず声を弾ませると、やれやれといった様子で焼酎（しょうちゅう）をくぴと飲んで続ける。

「お前も会ったことがあるだろ」

「え……?」

「ほら、芦高の顧問の冨永（とみなが）だよ」

「えっ、冨永先生!?」

確かに気心知れた感じではあったけど、元チームメイトだったのか。

てことは、私とナナが先生になってそれぞれ違う高校でバスケ教えてるって感じ?

仮に私が美咲ちゃん（藤志高の顧問）の立場だったら、悔しいなんてもんじゃないぞ。

もしかして、芦高に負けるたび内心はらわた煮えくり返ってるのでは?

なんだか申し訳ない気持ちになって美咲ちゃんの横顔を盗み見ると、なぜだかはにかむようにくすっと肩を揺らしていた。

「私にもウミと似たような経験があったんだよ。

対等だと思っていた相方が、ある日、なんの前触れもなく――――。

自分を置き去りにして向こう側へ行ってしまったことが、な」


その言葉に、私ははっとして目を見開く。

『相方の背中が遠ざかっていくのは、けっこうやるせないもんだろ』


そっか、と思う。

あれは単なる慰めや同情じゃなくて、美咲ちゃんなりの共感だったんだ。

「酔っ払いの戯れ言だ、明日になったら忘れてくれ」

言われなくても、深く詮索しようとは思わなかった。

きっと私と美咲ちゃんじゃ状況とか能力とか性格とかいろんなものが違いすぎるし、聞いたところで余計に落ち込むだけかもしれない。

結局は自分なりにあがいてみるしかないんだろう。

だけどひとつだけ、と私は口を開く。

「こんなふうに話せるってことは、美咲ちゃんは抜けたんだよね？」

ひとつだけ、もう一度走りだすための灯りがほしかった。

具体的なアドバイスじゃなくていい。

お湯を注げば完成する即席のチープな慰めなんていらない。

ただひと言、尊敬するこの人から、似たような経験をしたという先輩から、「私にはできたぞ」と自慢してほしかった。

「私の場合は……」

美咲ちゃんはどこか苦々しげに、それでいて愛おしそうに眉をひそめた。

「バスケ部でもないろくでなしの先輩のひと言がきっかけだったな」

そうして、やっぱりはにかむようにきゅむりと唇を嚙み、

「本当にどうしようもない、気障でややこしい男だったよ」

へへっと照れくさそうに笑った。

そっか、美咲ちゃんにも、と少しだけくすぐったい気持ちになる。

きっと抱き寄せたい男ってやつがいたんだ。

もう少し聞かせてほしいところだけど、残念。

酔いに任せてしゃべりすぎたと思ったんだろう。

美咲ちゃんがこほんと咳払いしていつもの表情に戻った。

それから、と締めくくりみたいにこちらを見る。

「ウミを待っているのは私だけじゃないぞ」

「え……？」

唐突な言葉の意味がわからずに途惑(とまど)っていると、美咲ちゃんがぴしゃりと続けた。

「――相方が、ナナがお前を待ってる」

「あいつは……」

私は食べかけていたあげおろしを皿に戻し、そっと目を伏せる。

「いまのナナは、私を求めてなんかいないよ。

ひとりで芦高に、その先に立ち向かうつもりだ」

やれやれ、と美咲ちゃんが大げさに肩をすくめてみせた。

「試合後のミーティングで、ナナはなんと言っていた？」

それは、と私は短く唇を噛む。

「今日みたいに自分でゲームを支配する戦い方が芦高に届きうる唯一の刃だって」

違うな、と美咲ちゃんが首を横に振った。

「少なくとも現状では。きっとあいつ自身も無意識のうちに残していったその置き手紙を忘れていないか？　いまはまだ新しい自分を乗りこなすことで精一杯なのかもしれないけど」

そう言って、ぽんと私の肩に手を添える。

「ナナはお前を待ってるよ」

だったら、と思わず声を荒げそうになってしまう。

「だったらなんであんな突き放すみたいにッ――」

ふっと、美咲ちゃんがどこか挑発的な笑みを浮かべた。

「なんだ、追いつくまで足を止めて待っていてほしいのか？」

はっと、私は今度こそ顔を上げる。

そうだ、いつかじゃれ合いの延長で言われたことがある。

『陽は、そのまんまでいいの？　言っておくけど私、あんたにだけは遠慮とかしないから。追いつけないならパス出さないよ』

どれだけ変わったように見えても、ナナはナナだ。

『ねえ陽さん？』

『もしも大切な人から奪い取らなきゃいけない一等賞があったとき、陽さんならどうしますか？』

紅葉に聞かれたとき、お前はなんて答えた。

『正々堂々と喧嘩売って白黒つけるよ』

『――それが私たちの流儀ってやつでしょ』

ったく、後輩の前で偉そうな啖呵切っておいて。

どこまでいっても、私は私だ。

どこまでいっても、ナナはナナだ。

どこまでいっても、私たちは私たちだ。

どこまでいっても、あんたがあんたでしかなかったみたいに。

「ハートに火は点いたか?」

美咲ちゃんの言葉に、私はへっと笑って答える。

「忘れてた、いつまでも待ってるだけの女じゃないってこと」

一等賞は譲らないよ、ナナ。

「振り向かない男は、自分の手で撃ち落としてみせる」

この愛は、骨の髄まで本物だから。

*

——美学に欠けたプレーだった。

私、七瀬悠月は浴槽のへりに頭を預けて目を閉じている。

いつものように電気は消して、代わりにアロマキャンドル。

試合があった日は、だいたいこうやって湯船に浸(つ)かりながらひとりで反省会をする。

第一クォーターから順に展開をなぞり、もっと上手(うま)くやれたプレーはなかったか、自分のせいで与えてしまった点はなかったか、相方や他のみんなを生かしきれていたか……。

朧戦はある意味で最高の、そしてまたある意味では最低の試合だったと思う。

どれだけ冷静に、そして厳しい目で自分を振り返ってみても、今日のプレーはすべてが最適解だった。

朧にあれだけの差をつけて勝ったという事実が、数字上の正しさを証明している。

実際のところ、いつもどおりのスタイルでウミを中心に戦っていたらよくて五分五分、いや、夏を超えて変わった藤志(ふじ)高をもってしても六分四分ぐらいで向こうが有利、というのが東堂(とうどう)と１ｏｎ１をする前に立てていた私の見解だ。

だから今日の結果は、妥当芦高が単なる目標ではない、地に足のついた目的に置き換わった瞬間だったと言ってもいい。

私の選択はなにひとつ間違っていなかった。

そう、迷わず言い切れる強さがこの心にもあったらよかったのに……。

勝ち星を掴むために、私は仲間を仲間として見ず、ゴールを落とすために必要な駒やフェイクのひとつとして扱うような真似をしてしまった。

そういうやり方は美しくない、といままでの七瀬悠月なら迷わず断じただろう。

だからこれは反省会というよりも自省会というほうが近いのかもしれない。


望みどおり、たったひとつのゴールへ向かって一途に駆け抜けたというのに。

望むがまま、欲しい男を抱き寄せたというのに。


心のなかは、ずんと重い後悔にも似た自責の念が渦巻いている。

センとヨウは素直に喜んでくれていたけれど、だからこそじくじく胸が痛む。

試合中は、罪悪感と自己嫌悪からフェイク以外でウミと視線を合わせることができなかった。


本当にこれが、私の本気なんだろうか。

本当にこれが、私の狂おしいほど愛してやまない女なんだろうか。

本当にこれが、私の魅せたかった七瀬悠月なんだろうか。

『七瀬悠月という女は先輩よりも美学を重んじるんですね』
『愛する男のために変われない女なんて、私は恐くありません』
紅葉の言葉がフラッシュバックして、はっと目を開ける。
そうだ、あの研ぎ澄まされた覚悟に太刀打ちするための誓い。
『友情も同情も温情も哀情も七瀬悠月さえ置き去りにして、
——私はただのナナになる』

七瀬悠月のままではまだ届かないから、叶わないから、変わろうと決めたんだろう。
いつか、こういう自分を美しいと想える日がくるんだろうか。

あの夏、夕暮れの教室で——。
泣き崩れる夕湖を置き去りにして駆け出したうっちーを見たとき。

優しい女の子が迷わずに自分の一番を選んだとき。

私は、その在りようを美しいと思った。


あの日、あの屋上で――。


私は確かに紅葉(くれは)の強(したた)かな望みに打ちのめされた。

愛する男のため、すべてをなげうつ生き様の美しさに圧倒された。


だからこの選択は間違いじゃないはずなのに。

それを七瀬悠月(ななせゆづき)に置き換えたとき、どうしてこんなにも迷いが生まれるんだろう。

弱さだろうか、執着だろうか、あるいは単なる戸惑いだろうか。

我が身に重ねて初めて選択の重さを知る。

これまでの自分(美学)を、相方を、仲間を、置き去りにしてひとりきりで駆け出すというのは、口で言うほど簡単なことじゃない。

怖い、と素直に思う。

だってそうまでしてなお手が届かなかったとき、私にはなにも残らない。

抜け殻になった心で、いつまでも過ぎ去ってしまった春を彷徨(さまよ)うことになるのだろうか。

――紅葉はこんな覚悟を切っ先に乗せて一途な恋をしているのか。

迷うな、と私は湯船から出て鏡の前に立った。
そこに磨き上げてきたむき出しの女を映しながら、思う。
停滞も先延ばしも二度とごめんだ。
追い越していく誰かの背中に焦がれるのはもう飽きた。
たとえ毒りんごを口移ししてともに眠ることになったとしても。

鏡よ鏡。

――あの人の心に映っているのは、誰？

二章　毒りんごと魔女の夜

この夜のために生きてきたと、そう思える一夜があった。
こんな夜は二度とないかもしれないと、そう浸れる真夜中があった。

私にとってそれは、あなたが隣にいてくれた夜のこと。

涙で枕を濡らして、何度も夢にうなされて、ひとりに怯えてひとりに安堵して、忘れかけたころにまた繰り返して、ようやくあたたかいブランケットに包まって眠れた夜。

朝が来なければいいのにと願った。
雨が止まなければいいのにと渇した。
月が沈まなければいいのにと祈った。

もしもあのまま目が覚めなかったら、私は白雪姫になれたのかな。

もしもあのまま目が覚めなかったら、王子さまはやさしくキスをしてくれたのかな。

それから、と私は思う。

あの夜が奪われてしまうかもしれないと、そう突きつけられた黄昏(たそがれ)があった。
あんな夜に繰り返し浸れる誰かがいるのかもしれないと、そう惑わされた宵闇(よいやみ)があった。

――誰かは誰かのまま、まだ名前がついていない夜を呼び起こした望みがあった。

渡したくない、譲りたくない、委(ゆだ)ねたくない。

手を伸ばせば触れられる私より高い体温も。
少年みたいに無防備な寝顔も。
重なった寝息の音も。
あなたに抱かれる理由も。
あなたを抱く理由も。

夜は閉じられている。

陽の当たるところでどれだけ上品な会話を重ねても、初心な眼差しを合わせても、かりそめの恋人になって頬へ口づけしてみせたって――。

あなたを隅々まで理解できるわけじゃない。

だからふたりきりの秘められた世界で、さらけ出してほしい。


強がりで隠している弱音を。

理性で律している衝動を。

美学で押し殺している欲望を。

誰にも聴かせられない孤独を。

仮面の下にある素顔を。

飾らない裸のあなたを。

本当の、心を。


剝がして、ぶつけて、擦り合わせて、まさぐって、交わって、吐き出してほしい。

それがどれだけ醜くても、どろどろと濁っていても、受け止めて呑み込んで喉を鳴らして私のなかに溶かしてしまいたい。

包まって眠ったあとには、また素知らぬ顔で明るい世界のヒーローを続けられるように。

――だから私は、あなたの溺れる夜になりたい。

＊

週明け月曜日の放課後。

俺、千歳朔は二年生の青組応援団メンバー、三年生代表の明日姉、一年生代表の紅葉で、福井県立歴史博物館の隣にある幾久公園へと集合していた。

ここは練習におあつらえ向きの大きな芝生の広場を備え、そのまわりを土のトラックがぐるりと囲んでいる。

他にもテニスコートやゲートボール場、子ども向けのアスレチック遊具なんかがあり、市内の公園では大きな部類に入るだろう。

第二体育館や東公園は他の色の応援団が先に使っていたので、いつもより少し足を伸ばしてみたのだ。

いよいよ学校祭本番がある十月を迎え、生徒たちはにわかに色めきたっていた。

三日間のうち初日は複合施設「フェニックス・プラザ」の大ホールで主に文化部の発表が行われる「校外祭」。

二日目は俺たち応援団や造り物の見せ場となる「体育祭」。

それから三日目が二年五組の出しものとして演劇を行う「文化祭」だ。

さまざまな実行委員会や部、クラスが本番に向けた準備を急ピッチで進めている。

もちろん、俺たち青組応援団もそのご多分に漏れない。

当日のパフォーマンスタイムは七分間。

各色の応援団が手作りの衣装を身にまとい、音楽に合わせて一から考えた創作ダンスをグラウンドで披露する。

俺たち青組のテーマは「海賊」だ。

先月の合宿で『出航・航海』、『敵との遭遇・戦闘』、『和解の踊り』、『宴(うたげ)』という四パートを大きな流れとして固め、そのうち出航から和解の踊りまでは流す曲とダンスの振り付けまで決めることができた。

おかげでここにいない三年生や一年生のメンバーも含めた全体練習を早々に始め、完成度もかなり上がってきている。

そんななか、今日はなぜこの主要メンバーだけなのかというと、ようやく残されていた『宴』

パートの振り付けが固まったからだ。

本番までまだ時間があるとはいえ、のんびり構えているほどの余裕はない。

どうせなら先に自分たちが覚えてから他の人に教えるほうが効率よく進められるので、こうしてさっきからひと足先に練習を始めているというわけだ。

陽が呆れたように声を上げる。

「海人っ、あんたいまさらなに照れてんのッ！」

「だ、だってよぅ……」

紅葉もわざとらしく首を傾けながらそれに続く。

「和希さんも、ですよ？」

「こ、これはさすがの俺も……」

七瀬がぷっと吹き出してどこか甘い声で言う。

「千歳、かわいい」

「叱られるより傷つくからやめてッ!?」

そんなこんなでいまは、主に俺、和希、海人の男子チームが女子にチェックしてもらいながら振り付けを覚えている最中だ。

「はいはい一回すとーっぷ!」

七瀬がぱちんと手を叩いた。

珍しく俺、和希、海人がぜえぜえと息を上げながら口々に言う。

「これ、思ってた以上に」

「体力持ってかれんね」

「なんだって健太はあんな涼しい顔で……」

ちなみにその健太がなぜ練習組に入っていないのかというと、

「あ～駄目だめ、ぜんっぜん駄目！」

この振り付けを考えた当人だからだ。

「「ぐっ……」」

俺たち三人の反応を見ると、ふっと鼻で笑って両方の手のひらを空に向ける。

「あんたら三人とも本当に運動部の中心選手なんですか。
キレもグルーヴも、なにより圧倒的に厨二心が足りてない。
本気でこれが格好いいと思ってパフォーマンスしないと、見てる人の心に届かないっすよ」

「「ぐぬっ……」」

調子に乗るなと文句をつけたいところだが、さっきみんなの前でキレッキレのお手本を完璧に披露してみせたからなにも言い返せない。
しかもそれが不覚にもちょっと格好よくて、「おおー！」と本気で拍手してしまったのだ。

自分たちで振り付けを頼んでおいてなんだが、まさか応援団の練習で健太に後れをとることがあるとは思っていなかった。

最初はあれほど嫌がってたくせに本人ここへきてノリノリだし。

まったく、うれしい誤算というかなんというか。

健太がすちゃっと眼鏡のブリッジを正して口を開く。

「各々、修練を怠らぬように」

「「「イエス、マスターっ!!!!!!」」」

やけくそになって俺たちが叫ぶと、七瀬があとを引き取る。

「じゃあ陽、紅葉、気づいたことがあったら指摘してあげて」

「あいよ」

「はい！」

俺はふうと小さく息を吐いて肩をすくめた。

今日は陽が海人の、紅葉が和希の、そして七瀬が俺の動きをそれぞれにチェックしている。

健太は振り付けが身に染みつきすぎて、具体的な指導みたいなのは難しいらしい。

見て学んでください、ってあいつ性根は体育会系なのでは？

ちなみにここにいる女子たちは『宴』で別の役割があるので、振り付けを覚える必要はない。

そんなわけで運動の得意な三人が俺たちのサポートに回り、優空と明日姉はふたりで近くのスーパーまで買い出しへ、夕湖はこのパートで流す曲を気持ちよさそうに口ずさんでいる。

「千歳」

こちらへ近づいてきた七瀬が言った。

「交互に両腕を回すところのくだりだけど」

「わりぃ、なんかまずかったか？」

「早く回すことを意識しすぎて腕が縮こまってるかも。あと、山崎じゃないけどもうちょっと全体的にはっちゃけ感が欲しいかな。ほら、夏勉でなんかよくわかんない逆立ち対決してたときとか、このあいだの合宿で男子がちゃんばらやってたときみたいな」

「なるほど」

健太からも厨二心が足りないって指摘されたしな。

ああいうノリでって言われるとわかりやすい。

俺は指摘されたことを意識してもう一度躍ってみる。

「こんな感じか？」

七瀬はどこかくすぐったそうに目を細めた。

「んー、ちょっといい？」

言いながら、こちらの背後へ回る。

七瀬の右手が俺の右腕を摑み、左手が腰のあたりにがしっと添えられた。

反動でTシャツの裾が少しめくり上がり、

さす。


冷たい指先に脇腹のあたりをつつうとなぞられる。

その滑らかな感覚に思わずびくっと反応しそうになったけれど、腰に手を添えたときの大雑把さからいって他意があるわけでもなさそうだ。

俺が陽にキャッチボールのフォームを教えたときみたいなもんか、とその動揺を呑み込んでいた矢先に、

「千歳、固くならないで」

くにゅ、と七瀬の胸が背中に押し当てられた。

――ッッッ。

お互いの薄いシャツ越しにブラのざわりと細やかな凹凸が伝わってきて、七瀬の言葉とは裏腹に今度こそ身体（からだ）がこわばる。

「ばか、近いぞ」

ふうっと、やわらかな吐息が耳朶（みみたぶ）をくすぐった。

「いいから、力抜いて」

七瀬が腰に添えていた手をつつうと滑らせ、

「ここはもっと胸を張って」

　ぐっと腕を後方に引かれると、それに合わせてぎゅむ、とやわらかな胸が俺の背中で潰れて形を変える。

「っ、なあおい」

「それから腰も押し出す」

　こっちの反応を無視して、七瀬が自分の下腹部を俺の臀部に押しつけてきた。じゅん、と火照ったその体温に、

「ばっ――」

　思わず腕を振りほどいて距離を取る。

　言いようもなく後ろめたくなってまわりに目を配ると、陽は熱心に海人の指導をしていて、夕湖もスマホで曲の歌詞かなにかを確認しているみたいだ。

　紅葉だけがわずかにこちらを見てふっと大人びた笑みを浮かべ、すぐまた無邪気な顔でうれ

しそうに和希と話し始める。

真意を探るようにゆっくり振り返ると、

「次はもっと意識してね」


七瀬はいかようにでも受け取れる言葉を口にして、涼しい顔で微笑んだ。

普通に考えればいまのアドバイスを、ってことなんだろうけど……。

それこそ俺が変に意識しすぎなのか、いやまさか。

少し前までの夕湖や陽じゃあるまいし、七瀬が自分の女に無自覚ってことはあり得ない。

だけどいつもの手遊びにしては踏み越えすぎているし、大仰に挑発めかした視線や声色をセットで置いていかないのは不自然だ。

「ったく、なんだってんだ……」

小さな声でぼやきながらも、ふと思いだす。

そういえば、今日の七瀬はちょっとおかしかった。


――『宴』の振り付けをチェックする男女ペアを決めたときのことだ。

すっかりお馴染みの流れで紅葉が真っ先に手を上げると、

『はいはい！　私が先ぱ……』

まるでそれを遮るように七瀬が言った。

『──私が千歳と組むよ』

そのまま理由を説明するでもなく、後輩に向けて続ける。

『いいよね、紅葉？』

紅葉は少しだけきょとんとしてから、可笑しそうにくすっと肩を揺らした。

『はい！　悠月さんが先輩の面倒を見てくれるとおっしゃるなら、私は気兼ねなく和希さんのペアに立候補させていただきます！』

『おい』

『俺はッ!?』

あのときは海人とふたりでつっこんで軽く流してしまったけど……。

いつもの七瀬だったら譲る場面だよな、といまさらながらに思う。

どく、どく、どく、どく、どく。

なんて、努めて冷静ぶりながらも――――。

身体はまだ熱を帯びていた。

合宿のとき、紅葉とペアダンスの練習をしていたときの感傷が蘇ってくる。

『ああ、そうか、俺は後輩の女の子と踊りながら』

『ずっと誰かの面影を追いかけているんだ』

七瀬のやわらかな胸のふくらみが、押しつけられた下腹部の熱が、ぼんやりとしていた面影に肉づけされていくようで、俺は思わず首を振った。

そうじゃないだろ、と自分に呆れてため息を吐く。


――千歳朔（ヒーロー）ではなく千歳朔（ひとりの男）として、か。


あの日、夕暮れの水面に心を映しながら、確かに俺はそう誓った。

だからこそ最近は揺れている、と思う。

七瀬に、明日姉に、陽に、夕湖に、優空に、出逢うまではこんなふうに途惑ったり立ち止まったり引き返したりしなかった。

千歳朔として、己のややこしい美学にただ殉じていればよかったからだ。

だけど、そうやって包み隠していた本音を転がして誰かと向き合おうとしたとき、こんなにも心許なくて情けない気持ちになるんだな、と自分でも驚いている。

ようやく火照りの冷めてきた左胸にそっと手を当てながら、思う。

いまのだって、以前の俺だったらまあ動揺しないと言ったら嘘になるが、それでも心が揺れるより前に軽口で誤魔化(ごまか)すぐらいはできていた。

顔や身体(からだ)に魅力を感じる、ってのは堂々と口に出しにくいかもしれないけれど、誰かを好きになる理由としてべつに不純だとは思わない。

むしろそこをいっさい無視して心しか見ていない、なんて言われたら個人的にはそっちのほうがよほど嘘くさいと感じるぐらいだ。

だからああいう場面で動揺するのは自然なことだと頭では理解できているのに、どうしても申し訳なさや罪悪感のほうが勝(まさ)ってしまう。

たとえ美学を引きずっていると言われても、まだ体裁を気にしていると言われても。

――心のなかにいる人たちと向き合うために差し出すのは、せめて心であってほしい。

だけど、とあの夕暮れから繰り返し思う。

千歳朔ではなくひとりの男になったとき。

――俺はなにを目印にしてこの気持ちに名前をつければいいんだろう。

＊

私、内田優空は、幾久公園の近くにあるスーパー「クランデール」を出た。

朔くんたちが『宴』の振り付けを練習して、それを悠月ちゃんたちがサポートしてくれているうちに、飲み物や軽食を買ってこようと思ったのだ。

本当はひとりで行くつもりだったけれど、と隣を歩く美しい横顔を盗み見る。

明日風先輩は、ビニール袋を片手にどこか楽しげな足音を弾ませていた。

私は思わずくすっと口許に手を当てる。

「優空さん……？」

それに気づいた明日風先輩が、不思議そうな顔でこちらを覗き込んできた。

「ごめんなさい、その、さっき明日風先輩がすっごく楽しそうに駄菓子選んでたの思いだしちゃって」

私が言うと、少しだけ恥ずかしそうに目を伏せる。

「昔から好きなの、駄菓子。遠足の前みたいな気分になれるから」

意外な台詞に、もう一度くすくす肩を揺らしてしまう。

「朔くんも似たようなこと言ってました」

「ああ、朔兄も好きだったもんなー。おばあちゃんがこっそりお小遣いくれて、夏休みにふたりで買いに行ってたよ」

朔兄、とまだ慣れない響きを口の中で転がしてみる。

合宿のときに聞かせてもらったから知ってはいたけど、あの夜はなんだか切り取られた映画のワンシーンみたいに静かで、ロマンチックに浮かれていて、ちょっとだけセンチメンタルに沈んでて、どこか日々の暮らしと地続きに思えなかったのだ。

だけどこうやってスーパーの袋を片手にあらためて聞くと、本当にこの人は幼い頃の朔くんと出逢っていて、お兄ちゃんのように慕っていたんだなと不思議な実感がこみ上げてくる。

それがどこか可笑しくて、くすぐったくてうれしくて、だけどやっぱり少しだけ切なくて、私はもう一度だけ確認するように口を開く。

「もしかして、その頃からうまい棒は……」

「めんたい味、でしょ？」

「やっぱり！」

「いつもはやさしい朔兄なのに、そういうときは絶対に譲ってくれなくてさ」

「じゃんけん、とかしました？」

「三回勝負！」

堪えきれなくなって、ふたりでくつくつと影法師を揺らす。

ひとしきりそうした後で、明日風先輩がぽつりと言った。

「だけど最近は、近所にあった小さな駄菓子屋さんとかがなくなっちゃってさみしいな」

私はとっさにほんの少しだけためらってから、そのせいでかさぶたが剝(は)がれたはずのひざがじんと痛んだ気がして、気づかれないように小さくため息をついた。

またつま先を引っかけて転んだりしないように、心を落ち着けて口を開く。

「明日風(あすか)先輩、アメ横とか行ったことあります？」

「アメ横、東京の……？」

私はふふっと首を横に振って続けた。

夏の終わり、朔(さく)くんを初めてデートに誘った場所。

確かに大切な思い出だけど、お裾(すそ)分けしたからってそれがすり減るわけじゃない。

「じゃなくて、エルパの近く、中央卸売市場のすぐそばにお菓子の市場みたいなお店があるんです。小さくはない、というかどっちかっていうと大きいですけど、懐かしい駄菓子がたくさん並んでますよ」

「そうなんだ!?」

「はい、朔くんもすっごくはしゃいでたから、きっと明日風先輩も気に入ると思います」

明日風先輩はぱっと顔を明るくして、それからうつむきがちにもじもじと指を組み替えた。

「その、優空(ゆあ)さん。もしよかったら今度いっしょに……」

らしくない言葉足らずな申し出がくすぐったくて、私はやわらかく目尻(めじり)を下げる。

「もちろん、せっかくならふくい鮮いちばでお昼ご飯を食べましょう」

「うん！」

やっぱり、と思う。

こういうほうが、自分の性分には合っている。

ふたりで顔を見合わせてくぷくぷ微笑みながら、私はふと思いだしたように言った。

「そういえば明日風先輩、練習のほうは順調ですか？」

こっちも少し言葉足らずだったけど、それだけで伝わったみたいだ。

明日風先輩はどこか子供っぽい表情で困ったように眉をひそめる。

「もう、お父さんがすごくやる気出しちゃって」

「うれしいんですよ、きっと」

「それはわかるんだけどね、あんまりにもはしゃぐから恥ずかしくて」

「当日は見に来られるんですか？」

「絶対やめて、って言ってるけど来るだろうね、間違いなく。一歩間違えたら大声で名前呼んだりしても驚かないよ、いまのお父さんなら」

そう語る表情は照れくさそうで、呆れているみたいで、ちょっぴりうれしそうだった。

明日風先輩もお父さんと仲がいいんだな。

うちの場合は、来たとしても本当に気づかれないようこっそりと見ていそうだけど。

まあ、夏休みにあんなことがあった後だ。

朔くんと鉢合わせしてもお互いに気まずいだろうし……。

ほのぼのそんなことを考えていたら、なにげない調子で明日風先輩が言った。

「せめて朔くんにあいさつするのだけは今度こそ食い止めないと」

「え……？」

私が思わず声を漏らすと、くすっと微笑ましそうに続ける。

「うちのお父さん、最初は目の敵にしてたくせして、なんだかんだで彼のことを気に入ってるみたいなの。応援団になったときも、『千歳くんはいるのか』って」

そっか、と私はほろり心を濡らす。

考えてみれば当たり前のことだ。

朔くんが進路選択に悩んでいる明日風先輩の力になっていたことはなんとなく察していたし、その過程でお父さんと面識をもっていたっておかしくない。

口ぶりからして、うちみたいに一回顔を合わせただけという感じでもなさそうだ。

私の場合は偶然からの成り行きだったし、もしかしたら明日風先輩も似たり寄ったりなのかもしれない、それでも。


——女の子が男の子をお父さんに紹介する。

一生に一度きり、なんて夢見がちに思ってるわけじゃないけれど、高校生にとってそうそうあることじゃないっていうのもきっと間違いではなくて、

私だけの特別だと勝手に思い込んでいたんだ。


まただ、と情けなさに目を伏せる。

何度も思い知っているはずなのに、なんにも変わっていない。

やっぱり、とあらためて思い直す。

どれだけ性分に合っていても、いや、だからこそ。

私はこのままじゃいけないのかな。

「優空（ゆあ）さん……？」

その声に顔を上げると、明日風先輩がどこか心配そうにこちらを覗（のぞ）き込んでいる。

「あのっ、明日風先輩」

私はビニール袋の取っ手をぎゅっと握り締めて、しずしずと言った。

「……戻る前に、少しだけお話しできませんか？」

＊

明日風先輩がなにも言わずにうなずいてくれたので、私たちは福井県立歴史博物館と幾久公園を繋ぐ幅広の短い階段に並んで腰かけた。

芝生のほうからはみんなの練習する声が響いてくる。

少し申し訳ないな、と思いながら耳を澄ましていると、

「はい、優空さん」

明日風先輩がアイスのほうじ茶ラテを差し出してきた。

私はきょとんと首を傾げながらそれを受けとる。

確かに自分用のつもりでかごに入れたけど……。

「あれ、明日風先輩の前で飲んだことありましたっけ？」

私の言葉に、明日風先輩はさらさらときれいな髪を揺らす。

「朔くん、私の前でよくみんなの話をしてくれるから」

そっか、とそれだけで少し心がやわらかくなる。

てっきり、明日風先輩といるときはふたりきりの世界でふたりきりのお話をしているのかと思っていた。

「明日風先輩はどうしますか？」

「うーん、久しぶりにさわやかもらおうかな」

はい、と私はビニール袋から取り出したローヤルさわやかを差し出す。

明日風先輩はそれを受けとると、こく、こく、としばらく使って角の丸くなった石けんのように白く滑らかな喉（のど）を気持ちよさそうに鳴らした。

私もそれに倣（なら）ってほうじ茶ラテを飲み、思っていた以上に口の中が乾いていたことに気づく。

もう十月だというのに、明るいうちはまだ暑いと感じる日も多い。

だからって油断していると夜は急にぐっと冷え込んだりするから、服装での調整がなかなか難しい時期だ。

私はけっこう寒がりだし、いそいそとマフラーやコートを着込み始めるのもそう遠くないかもしれない。

ふと、隣に座っている美しい先輩の横顔を盗み見る。

――この人は、どうやって冬を迎えるんだろう。

雪のちらつく日、いつもとおんなじブレザー姿であの河川敷に佇（たたず）んでいそうな気もする。

まるでおとぎ話から抜け出してきた冬の妖精そのものみたいに、温度を感じさせない神秘的な佇まいで。

だけどもこもこになるほど厚着してふかふかの耳当てなんかしてたら、それはそれで明日風先輩らしいって感じることが、少しだけ近づいた私たちの距離なんだと思う。

だからこそ、聞いてみたい。


——この人は、どうやって恋を繋げるんだろう。


そんなことをあてどなく考えていると、不意に明日風先輩が口を開く。

「じつは私も優空さんと話したいなって思ってたんだ」

「私、と……?」

思わず首を傾げると、どこか儚げに目を細めて続けた。

「けっして君にはできない話を、けっして君には届けない人と」


どこまでも明日風先輩らしい、最後に一滴だけ垂らす隠し味みたいな言い回しをじっくりと舌の上で転がしてみる。

しばらくしてはっと、私はその繊細な意味合いに気づいた。

言われてみれば、と思う。

私には夕湖ちゃんが、悠月ちゃんが、陽ちゃんが、もちろん水篠くんや浅野くんや山崎くんも、朔くんの話を共有できる友達がまわりにたくさんいる。

だけど明日風先輩は去年から、いや、ともすれば夏の少女だった頃からきっとずっと、

――ふたりぼっちだったんだ。

かつて私は、もしかしたらいまでもまだ、他の人が立ち入れないその関係性に憧れていた。

朔くんとお話ししているとき、世界はまるでふたりのためにだけ存在しているみたいで、覗き見することさえはばかられそうな淡い水色の紗幕に包まれている。

てっきり明日風先輩はそういう空気のなかだからこそ上手に深呼吸しているんだと思っていたけれど……。

裏表なんだ、と思う。

他の人が立ち入れないということは、他の人に立ち入れないということでもある。

明日風先輩はこれまで朔くんのことで迷ったり、悩んだり、苦しくなったり切なくなったりしたとき、それを同じ温度で共有できる相手がいたんだろうか。

いや、と本当は答えのわかりきっている疑問に自分で首を振る。

あの夜、どこか寂しげに漏らしていた本音。

『だからあの河川敷が私たちの居場所だったんじゃないの。私にはあの河川敷しか居場所がなかったんだよ』

きっと明日風先輩は、やり場のない感情を、あてどない感傷を、君にだけはできない話を、ずっとひとりきりで抱え込んでいたんだ。

強い人だな、とやっぱりその野良猫みたいな気高さに憧れてしまう。

私は朔くんに無邪気な笑顔を向けられる先輩としての立ち位置をうらやんだこともあったけれど、この人はどうしても巻き戻せない時間の向こう側で焦れったく足踏みしながら、それでも彼にとってたったひとつの灯りで在り続けたんだ。

いつも遠くから見ていた、ふたりぼっちの背中。

もしもほんのひとときだけ、その片割れになってもいいのなら――。

こくり、とうなずいて私は明日風先輩を見た。

「私でよければ、聞かせてください」

「うん、代わりばんこね」

「どっちから先にお話しします？」

「三回勝負、しよっか」

「はい！」


そうしてじゃんけんに勝った私は、あの日からずっと心に引っかかったまま見ないふりしていた小骨をピンセットでゆっくり外すようにして話し始めた。


私のほうから誘って紅葉（くれは）ちゃんが朔くんのお家に来たこと。

代わりに料理を作ると申し出てくれたこと。

私はそれを快く承諾したこと。

朔くんにシャツの袖（そで）をまくってもらっていたこと。

紅葉ちゃんがお料理に慣れていたこと。

それが日々の暮らしに寄り添うものだったこと。

自分だけの特別だと勘違いしていたこと。

私が忙しいときには代わりに料理を作りましょうかと申し出ていたこと。

朔くんは軽くそれをあしらっていたこと。
この夏、彼がプレゼントしてくれた私の椅子のこと。
なにも知らない紅葉ちゃんが無邪気に座ろうとしたこと。
きっと、朔くんは止めようとしてくれていたこと。
思わず叫んでしまったこと。
私が泣かせてしまった女の子のこと。
私が逃げ出してしまった夜のこと。

こちらの話が終わると、明日風先輩はどこかやさしく目を細め、「たっち」とただ静かに手のひらを掲げてこちらに向けた。
私がぱちんとやわらかく触れると、まるで破いて丸めてしまった日記帳の一ページを拾い上げてしわを伸ばすようにして話し始めた。

みんなで過ごす応援団の合宿が本当にかけがえのない時間だったこと。
次の日になってもまだ夢見心地の余韻が醒めなかったこと。
君と会えるかもしれないと思っていたこと。

たまには幼い頃のように甘えてみようかと浮かれていたこと。

朔くんと紅葉ちゃんがあの河川敷でペアダンスの練習をしていたこと。

それが自分の大切な居場所を踏みにじられているように感じてしまったこと。

後輩だと思っていた女の子が、君を知らない場所まで連れ去ってしまうおんなに見えたこと。

朔望という言葉が胸を刺したこと。

ふたりが明日風先輩を待っていたと伝えたこと。

紅葉ちゃんがこれからもお邪魔していいかと無邪気に尋ねてきたこと。

思わず叫んでしまったこと。

哀しい顔をさせてしまった女の子のこと。

泣き出しそうな顔をしていた君のこと。

逃げ出してしまった夕暮れのこと。


そうしてセロハンテープで日記を貼り直すように明日風先輩のお話が終わると、私たちは神妙に顔を見合わせてから、

——ぷっ、と堪(こら)えきれずに吹き出した。

くつくつ、くつくつと、なんだか無性に可笑(おか)しくなってくる。

それは向こうも同じだったみたいで、珍しく苦しそうにお腹(なか)を抱えていた。

明日風(あすか)先輩が顔を上げてこっちを見る。

「やっぱり、私たちって」

私も必死に笑いを収めながらそれに答えた。

「どこか似てるのかもしれませんね」

ようやく少し落ち着いた明日風先輩が、しんなり遠い目で言う。

「滑稽(こっけい)だよね」

「本当に」

「誰が悪かったと思う?」

「それ、答え合わせの必要ありますか?」

「私たちの答案用紙を見せ合うことに意味があるんだよ」


「せーので言おうか」

「『せーの』」

「『――私』」


だよね、と自嘲するように眉尻を下げ、明日風先輩は両手を後ろについた。

そのままぽおんと無防備に足を投げ出して空を見る。

私もそれに倣うと、夕暮れ前の空を羊たちがのんびりと行進していた。

「ねえ優空さん」

明日風先輩がどこか吹っ切れたような声色で言う。

「私の話を聞いて思ったこと、言葉にしてくれるかな？」

「でも……」

思わずためらうと、その理由を見透かしたように続けた。

「みんなのなかでもとりわけやさしい優空さんの口から聞きたいの」

「あとからちゃんと仕返ししてくれますか？」

「お返し、ならね」

ふう、と私は息を吐く。

こういうのはやっぱり性分じゃないけれど、明日風先輩はずっと誰かとこういう話をしたかったのかもしれない。

もしもその相手に私を選んでくれたのだとしたら、新米のお友達として、ようやく私もはばからず名乗れる後輩として、ささやかなお願いぐらいは叶えてあげたいと思う。

きゅっと短く唇を噛み、自分自身を諭すつもりで口を開く。


「——明日風先輩、河川敷は誰のものでもありません」

「う、いきなり痛いところをつくなあ」

「一度だけ、八月のとある夕暮れに、私も朔くんを連れてあそこに下りたことがあります」

「……そっか、その物語は聞かせてくれなかったよ」

「朔くんはそういうところがある人だから」

「うん、知ってる」

「ふたりきりのないしょは、ちゃんと守ってくれるんです」

「ふふ、素敵な言葉」

「だから明日風先輩に謝ろうとも思いません」

「その筋合いも、ない」

「紅葉ちゃんの本心を決めつけることはできませんが、少なくとも朔くんは、なにも考えずにあの河川敷で待っていたわけじゃないです」

「そっちは言いきるんだ、さすがに」

「きっと提案したのは紅葉ちゃんで、朔くんも一回ぐらいははぐらかそうとしたはずです」

「私も、そう思う」

「だけど紅葉ちゃんは意外と察しのいい子だから、必要以上に傷つけてしまった」

「仲間はずれ、か……」

「朔くんは見なかったことにできないんですよ」

「ヒーローだもん、朔兄は」

「だからあの河川敷で紅葉ちゃんと過ごしていたのではなく、あの河川敷で明日風先輩を待っていた」

「――ッ」

「そういうふうに、折り合いをつけたんだと思います」

静かにそう言い終えると、はは、と明日風先輩はか弱い声で笑った。

「冷静になれば全部わかるんだけどな」

私は少しだけ気まずくなって目を伏せる。

「ごめんなさい、自分に言い聞かせるつもりで、言い過ぎました」

明日風（あすか）先輩はこちらを見て、どこか憑（つ）きものが落ちたようにやわらかく目尻（めじり）を下げた。

「ううん、私がお願いしたんだよ」

そうしてぐいと背伸びをしてから、くすっと首を傾ける。

「ありがとう、優空（ゆあ）さん」

私は階段に手を突いてお尻（しり）をずらし、もう少しだけ距離を縮めた。

ちょいちょい、と明日風先輩のシャツを軽く引っ張りながら言う。

「明日風先輩、代わりばんこです」

それだけで意味が通じたのか、どこか可笑（おか）しそうにまつげをぱちりと上げた。

「いいの？」

「みんなのなかでもとりわけ中立的な明日風先輩の口から聞きたいんです」

そっか、と明日風先輩は納得したように目をつむる。

しばらく考え込むような空白が過ぎ、やがて小さい子をたしなめるように、いたずらっぽく眉（まゆ）をひそめた。

「あのね、優空さん。あなたは朔（さく）くんの妻じゃないの」

「ちょっと明日風先輩！　言い方！」

思っていた以上にぐさりと刺さった言葉に思わずつっこんでしまうと、明日風先輩が我慢しきれないといった様子でせらせら髪を揺らす。

「ごめんごめん、ちょっと意地悪しちゃった」

私はぷうとわざとらしく口を尖らせた。

「もう、やっぱり仕返しじゃないですか」

なんとなくだけど、この人の前だと少し幼くなってしまう朔くんの気持ちがわかってきた。

本当に不思議な人だ、と思う。

明日風先輩はこほんと咳払いをして、大人びた眼差しで言った。

「じゃあ、ここからはちゃんとお返しね」

私がこくりと頷くと、どこか寂しい詩を諳んじるように話し始める。


「優空さんが一人暮らしをしている朔くんの日常を支えていることはわかってる」

「そんなに大げさなものじゃないですけど……」

「だけどそれはまだ寄り添っているだけであって溶け合っているわけではないの」

「朔くんの日常は私の日常じゃない、ってことですよね」

「だから立ち入る権利は持っていても立ち退かせる権限はないんだよ」

「わかってるつもり、だったんだけどな」

「私も、七瀬（ななせ）さんも、青海（あおみ）さんも、柊（ひいらぎ）さんも、それから望（のぞみ）さんだって、本来は朔くんのお家のキッチンに立つからって優空さんの許可は必要ない」

「それは、もちろんです」

「まして今回の一件は、望さんを招待したのも、料理を作るという申し出を快諾したのも朔くんじゃなくて優空さん」

「……はい」

「それで自分と同じぐらい料理に慣れていたからってむきになるのはあんまりじゃないかな？」

「――ッ、おっしゃるとおりです」

「プレゼントしてくれた椅子（いす）だって、朔くんは優空さんのために用意していたんだよね？」

「いつもの作り置きをする約束だったから実際に最初は私が座っていましたし、まさか紅葉（くれは）ちゃんが料理するとは想像もしていなかったと思います」

「当然、望さんもそのことを知らない」

「もちろん」

「だとすれば、望さんの立場からすれば、普段は穏やかでやさしい先輩からわけもわからずに叱（しか）りつけられたのと同じだよ」

「本当に、返す言葉もありません」

　じゃあ、と明日風先輩が一拍置いてから、少しだけやわらかい声で言った。

「朔くんが私たちを追いかけてくれなかった理由はわかる？」

その問いかけに私は迷うことなく即答する。

「なにも落ち度のない紅葉ちゃんが悪者になっちゃうから」

明日風先輩が、穏やかな表情でこくりとうなずく。

本当はわざわざこんなふうに答え合わせをするまでもなく、悪かったのは私たちのほうだ。

だけどあの場で明日風先輩を、私を追いかけたりしたら、取り残された紅葉ちゃんがひとりぼっちで自分を責めてしまうかもしれない。

事実を見ればこっちが身勝手に傷ついただけだとしても、少なくとも朔くんはあのときとっさの判断で――。

泣かせてしまった側に回ってくれたんだ。

ひとつはなにも悪いことをしていない後輩の女の子に責任を押しつけないため。

もうひとつはきっと、そうすることで間違っていたのは私たちじゃなくて自分のほうという逃げ道を残してくれるためだ。

意識的なのか無意識なのかはわからないけど、朔くんにはそういうところがある。
私たちの弱ささえ、知らないうちに自分で抱え込んでしまおうとするんだ。
そんなことを考えていたら、明日風先輩がほろりと自嘲気味にこぼした。

「それだけが、いまの私たちにとってはささやかな救いかもしれないね」

「どういう、意味です……？」

私が問い返すと、どこか困ったように眉をひそめて、

「──朔兄はいつだって、自分事よりも他人事を優先してしまうから」

ヒーローに憧れる少女のような眼差しで言った。

「自分事と、他人事……」

私が小さな声で繰り返すと、慌てたようにつけ加える。

「他人事っていうのは言葉の綾だよ。べつに望さんがただの他人だって言いたいわけじゃないからね、念のため」

「はい、それはわかってます」

つまり明日風先輩が言いたかったのは、いまの朔くんにとって私たちとのすれ違いは自分事の範疇に含まれているということだ。

だから後回しにして、まずは紅葉ちゃんの立場や心情を慮った。

朔くんに迷惑をかけて後輩の女の子を傷つけてしまった手前、うかつに喜んだりはできないけれど、もし本当にそうなのだとしたら確かにささやかな救いだと思う。

そっか、と私は大きく息を吐いて肩の力を抜く。

ようやくあの日からずっともやもやしていた心を整理できた気がする。

隣を見ると、明日風先輩の横顔もどこかすっきりと清々しい。

やっぱり話してみてよかった、と思いながら私は声をかける。

「ありがとうございました、明日風先輩」

「これでおあいこ、だね？」

「はい！」

　さて、と明日風先輩が立ち上がった。

「さすがにそろそろ戻らないと」

　私もそれに倣い（なら）ながら言う。

「ですね」

　ふたりでひとつずつビニール袋を持ち、階段を下りようとしたところで、ふと思いだしたように明日風先輩が口を開く。

「最後にいっこだけ、ちょっと恥ずかしいことを聞いてもいいかな？」

　私はくすっと笑ってから答える。

「さんざんみっともないお話したんです、いまさらですよ」

　だよね、と明日風先輩が頬（ほお）をかいてから、

「ねえ、優空（ゆあ）さん」

　どこか大人びた、それでいてどこにでもいる女子高生のような声で言った。

「望さん、好きなのかな」

誰のことを、とは聞かない。

わざわざ確認しなくても、どうしようもなく伝わってしまうから。

「どうでしょう、わかりません」

「だよね、ごめん」

ただひとつ、と私は歩き始めた明日風（あすか）先輩の華奢（きゃしゃ）な背中を見ながら思う。

『きっと明日風先輩は、やり場のない感情を、あてどない感傷を、君にだけはできない話を、ずっとひとりきりで抱え込んでいたんだ』

もし彼女もそうだったのだとしたら、

——きっと、強くて気高い心を胸の内に秘めているはずだ。

*

優空さんに打ち明けられてよかった。

私、西野明日風は、幾久公園のほうへ向かって歩きながら思う。

少し後ろからは、淑やかな足音が楚々とついてきている。

これまで、君にまつわる悩みをこんなふうに分かち合える人はいなかった。

優空さんも、柊さんも、七瀬さんも、青海さんも――。

もしかしたらずっとこんな会話を重ねてきたのかな。


たとえば私だけ声をかけてもらえなかった野球の練習。

たとえば私だけいっしょに眠れなかった勉強合宿の夜。

たとえば私だけかやの外だったあの八月だって。


うらやましいな、と素直に思う。

同じ男の子が心のなかにいる友達と胸の内をさらけ出せる関係性。

それはどこか公園の砂場で交わすないしょ話めいていて、両側から掘り進めたトンネルの中でこっそり手を繋ぐみたいに、誰にも言えない後ろめたさとだからこその昂揚がないまぜになっている。

ふと、遠い日の宿泊学習が記憶の底から浮かんできた。

まだ小学五年生だったころ、いつか君にも話した少年自然の家。

たしか私たちは二段ベッドが向かい合わせに四台並んだ部屋に宿泊していた。

四人一組で、私以外の女の子が三人。

ベッドの上に寝るか下に寝るかでけらけらとはしゃいでたっけ。

当時は理解できなかったけど、いまになって考えればませた子どもたちが隠れて悪さをしないようにするための取り計らいだったんだろう。

寝るとき以外は、自由時間でも部屋のドアを開けっぱなしにしておかなきゃいけないというルールが定められていた。

そうしてベッドの下段に座ってお話ししていると、ときどき、三人の女の子たちがきゃっきゃとにわかに色めきたつ瞬間があったことを思いだす。

それは決まって、クラスの人気者が部屋の前を通りかかったとき。

——みんな、同じ男の子が好きだった。

足が速くて、さわやかで、やさしくて、おもしろくて。

それこそ幼いころの朔兄じゃないけれど、小学校で人気者になる条件をひととおり持ち合わせているような人だった。

彼が横切るたびに三人で肩を寄せ合って黄色い声を押し殺している様子を見て、なにがそんなに楽しいんだろう、と不思議に思っていたことをいまでも覚えている。

断っておくけれど、冷めた目で友達をばかにしていたわけじゃない。

私はもう朔兄に出逢っていたから、好きな人を見てついはしゃいでしまうという気持ちは痛いほどによくわかった。

だけど、仲のいい友達同士でそれを共有するという行為が単純に理解できなかったのだ。

ともすれば彼女たちは、「同じ男の子が好き」というパスポートを首からさげて絆を深めているようにさえ映る。

両想いになれるのはひとりだけなのに、と心のなかで何度も首を傾げていた。

とりわけ不思議だったのは、どうやらその男の子が好きなのは同室だった三人のうちのひとりらしいということが、クラスでほとんど周知の事実になっていたことだ。

なのに、どうしてだろう……。

同じ男の子を好きになって、選ばれるひとりはもう決まっているのに、

『いまぜったいに見てた！』

『えー、そんなことないって』

『さっきからわざと部屋の前通ってるんだよ』

『もう告白しちゃえばいいのに』

『でも、ほんとにそうなのかわからないし……』

『ばればれだってみんな言ってるよ！』


――それでも、彼女たちは三人でいっしょになって、いつまでもはしゃぎ続けていた。


あの時間はなんだったんだろう。

不意に訪れた懐かしい記憶の余韻に浸りながら目を細める。

誰もがまだ少女だった時代。

もしかしたらみんなで恋に恋をしていただけなのかもしれないし、同じ男の子に恋をしている私たちに恋していたのかもしれない。

少女を通り過ぎたいまさらになって、ほんの少しだけ、肩を寄せ合いながらほのかな桜色の毛布に包(くる)まっているような感覚を理解できた気がする。

――男の子には聞かせてあげない、女の子だけのひみつ。

だけど、やっぱり、と後ろを歩く優空(ゆあ)さんのあたたかい気配を感じながら思う。

砂場に作ったトンネルの中で繋(つな)いだ手は、いつか離さなきゃいけないときがくる。

これまではよかった。

私はどこまでもかやの外だったし、だからこそ、君を想うときに他の女の子を想う必要もなかったから。

言い換えればそれは自由気ままに野良猫みたいな振る舞いを許されていたということで、

――恋が叶うときに誰かを傷つけるという自覚がなかった。

もちろん、理屈のうえではわかる。

叶った恋の裏に叶わなかった恋が転がっているなんて物語の基本だ。

だけど私は君たちの輪に入っていなかったから、そこに無責任かつ無自覚でいられたんだ。

話を聞いたり相談に乗ったりしているうちに愛着のようなものは感じていたけれど、さすがにそれだけで自分の心を引っ込めるほどにお人好しじゃない。

でも、いまは、もう――――。

『やっと、君たちの物語に名前を並べられた』


私も登場人物になってしまったんだ。

ずっと望んでいたことだった。

もしも私が君たちと同じ学年だったら、同じクラスで同じグループになって、同じ物語を紡いでいけたらどれだけいいだろうと。

ほんのひとときでもそれが叶って、きっと学校祭が終わってもここで生まれた関係性は消えなくて消えてくれなくて、だからこそ否応なしに向き合わなければいけない。

これはもう、西野明日風だけの物語じゃなくなってしまった。

ずっと、私の一人称で綴ってきたはずだったのに。

主人公は西野明日風で、彼女の恋が叶えば問答無用のハッピーエンド。

たとえその裏で誰かが涙していても、描かれなければ存在していないのと同じことだ。

だけど君たちが紡ぐ群像劇の登場人物になってしまったいま、

――私は優空さんの涙を想像してしまう。

もしかしなくても、と思う。

優空さんは、七瀬さんは、青海さんは、もちろん想いを告げた柊さんだって。

――とっくの昔に自覚したうえで、それでも恋と、隣にいる女の子と向き合ってきたんだ。


だとすれば、私だけがひとり、大きく出遅れている。

望んで踏み出した一歩だ。

いまさら取り消すことはできないし、そうしたいとも思わない。

応援団の合宿でみんなと過ごした時間も、こうして優空さんと繋いだご縁も、きっと十年後に懐かしく思いだすときがくる。

だけど、とそっと胸に手を当てた。

私はあまりにも無知で無邪気だったのかもしれない。

もしもあの日、君の誘いに浮かれたりせず応援団に入らなかったなら。

もしもあの夜、明日風先輩になんてならず、西野先輩という幻のままで消えられたなら。

——ただひたむきに、自分の恋へ殉じることができていたのに。

ふと、先ほど不意に口を衝(つ)いた言葉が蘇ってくる。

『望(のぞみ)さん、好きなのかな』


答えなんて返ってこないことを知りながら、私はどうして優空(ゆあ)さんにあんなことを尋ねたんだろう。

本気でそう思っていたわけでも、まして嫌らしく警戒していたわけでもない。

無意識のうちに、焦がれていたんだろうか。

いまはまだ、輪の外側で思うまま振る舞える彼女の立場に。

すでに始まっているかも、これから始まるかもしれない恋へ向かって、他の誰かを顧みることなく駆け出せるスタートラインに。

先輩と後輩、後輩と先輩。

形は少しだけ違うけれど、ほんの少し前までは私も手にしていたはずの、見て見ぬふりできる権利を、望さんはまだしっかりと握りしめている。

ああ、こんなことなら。

まだ少女でいられるうちにちゃんと聞いておけばよかった。

——あの女の子は、あの女の子たちは、どんなふうにあの恋を結んだんだろう。

＊

優空と明日姉（あすねえ）が人数分買ってきてくれた飲み物を秒で空にしてしまった俺、千歳朔（ちとせさく）は、公園の敷地内にある自販機の前に立っていた。

左のぽっけから取り出した小銭をちゃりちゃりと入れ、少し迷ってカルピスのボタンを押す。

ここは行儀よく並んだ三台の自販機とごみ箱がトタンの簡素な小屋で囲われていて、どこか田舎のバス停めいた趣（おもむき）がある。

その情景といつのまにか傾き始めた西日が、とっくに終わってしまった夏の夕暮れを名残（なご）り惜しく想起させて、くぴ、と自嘲（じちょう）気味にカルピスをひと口飲んだ。

ようやく人心地ついて、俺は目の前にあるベンチへと腰かける。

軽く腕や脇腹を揉（も）むと、上半身のあちこちが突っ張っているような感覚があった。

野球部を辞めてからもずっとトレーニングは続けているのに、こりゃ明日は久しぶりに筋肉痛かな、とうっかり頬（ほお）を緩めてしまう。

まさか健太がこんなにハードな振り付けを考えるとは思っていなかった。

筋肉痛がうれしいっていうのは、運動部のさがみたいなもんだ。

野球の技術だとか持久力みたいにゆっくり向上していくものと違って、翌日にはすぐトレーニングの結果がフィードバックされる。

故障や怪我がうんぬんという細かい話をさておけば、基本的には痛けりゃ痛いほど成長を感じられるというわかりやすさがいい。

そんなことを考えていたら、

「さーく、隣いい？」

いつのまにか近くに立っていた夕湖がこちらを覗き込んでいた。

「おう、お疲れ」

「私は唄ってただけだけどねー」

俺はベンチの上に何枚か乗っていた落ち葉をぱっぱと払う。

それを見た夕湖が、くすっと淡く目尻を下げた。

「ありがと、朔」

言いながら、ふわりと隣に腰かける。

少しは見慣れてきたと思っていたけど、と俺は思わず夕湖から目を逸らす。

この一年半、何度も見てきた横顔。

毛先まで潤っているロングヘアが笑うたびにシャツの上をさらさらと流れ、よく晴れた日にはふわりと広がって羽みたいな影を落とす。

俺はそのたび、次から次へとぷかぷか浮かんでくる七色のしゃぼん玉を見ているように知らない景色や新しい感情を教えてもらっていた。

だけどいまは、と俺はもう一度夕湖の横顔を盗み見る。

ばっさりと切ったセミロングの髪の毛は、淀みなく流れるせせらぎみたいにそよそよなびき、夕暮れに染まってちるちると一番星みたいな影を瞬かせる。

俺はそのたび、まるで水音だけが響く静かな湖のほとりでうたた寝しているような心地よさに包まれていた。

「朔……？」

そんなことを考えていると、夕湖がこちらを見て不思議そうに首を傾げる。

いつのまにか見とれていたことを自覚し、誤魔化すように笑って口を開く。

「それで、なんか用だった？」

俺が尋ねると、ふふっと可笑しそうに目を細めた。

「うん。朔とお話ししたいっていう、用事」

「そっか」

短く答えると、夕湖は広場のほうを見ながら話を続ける。

「もう十月だね」

「あっというまだよな」

「いよいよ学祭近づいてきたって感じ」

「こっちの『宴』はなんとかなりそうだけど、そっちはどう？」

「ばっちり！　悠月やみんなも楽しそうだし」

「そか、ならよかった」

「クラスの演劇も頑張らないとね」

「大丈夫そうか、白雪姫？」

「大丈夫だよ、優柔不断な王子さま？」

「よせよ」

「だけど私、この王子さまのこと好きだよ」

「脚本読んでるとけっこう情けなくないか？」

「情けないとこが好き」

「否定はしないのかよ……」

「だって優しさと誠実さの裏返しだもん」

「そういう意図で書かれてるのはわかるんだけどな……」

一度言葉を句切り、どこか甘えるみたいに隣を見た。

夕湖もこちらを向いて、透き通る水面に俺の姿を映す。

さらり、とまるで頭をやさしく撫でるようにセミロングの髪がそよいだ。

俺はその心地よさに身を委ねながら口を開く。


「伝わるかな」

「伝わるよ」

「選べるかな」

「選べるよ」

「演技だから」

「傷つかないよ」

「もしも」
「いいよ」

「違うから」
「わかってる」

「向き合ってるよ」
「届いてる」

「やっぱり情けないかな」
「ちょっぴり情けないかも」

「嫌いか?」
「好き」

「いまのはなしで」
「私はありだよ」

「言わせたみたいだ」

「言わせてくれたの」

「夕湖」

「朔」

「悪い、呼びたくなっただけ」

「うん、私も」

まるで月のうさぎみたいだ、と思う。

ぺったん、ぺったんと、ふたりきり。

ぱったん、ぱったんと、ふたりきり。

俺が真っ白な心をつくと、夕湖が返し手でじょうずに形を整えてくれる。

いつかの帰り道、言われたことがあった。

『本当に心を許してくれたときには、いろんな話をしたいね。言いたいことも、聞きたいことも、それこそ文句だって、もっとずっといっぱいあるんだよ』

そっか、と俺は思わず懐かしさに目を細める。

あのときは健太（けんた）のことだなんて心を誤魔化（ごまか）したけど、もしかしたら夕湖（ゆうこ）は、ずっとこんなふうに話をしたかったのかもしれない。

だけど不思議だな。

――本当に心を許したら、やっぱりもう、言葉はそんなにいらないみたいだ。

夕湖が思いだしたように話を続けた。

「でもちょっとだけ寂しいな」

「寂しい……？」

「だって、こういうお祭りって準備してるときが一番楽しくない？」

「その感覚は、わかるよ」


「来年もみんなでやる？」

「どうだろうな」


「わかんないか」

「わかんないよ」


「ねえ朔、もうちょっとだけ寂しいこと言ってもいい？」

「哀しいことじゃないなら」


「寂しさの行き着く先が哀しさじゃないの？」

「哀しさの名残りが寂しさなのかも」


「変なの、朔」

「変だよ、夕湖も」

「だけどこの気持ちは、きっと寂しいのほうだと思う」

「じゃあ、聞くよ」

「これが最後じゃないかな」

「最後……」

「うん、私たちの学祭」

ああ、それは確かに、どこまでも寂しい話だった。

だけど、夕湖の言いたいことはやるせないほどに理解できてしまう。

明日姉が卒業しちゃうから、紅葉は同じ色になれないかもしれないから。

そんなことはとっくに承知しているけど、それだけじゃない。

——きっと来年の俺たちはもう、俺たちのままではいられない。

どういう形に落ち着いていくのかはわからないけれど、少なくとも、みんなの心が一本の青い糸で結ばれているような関係性を続けるのは限界がきている。

俺たちは、選ばなきゃいけないから。
俺たちは、答えを出さなきゃいけないから。

——青い糸をほどき、赤い糸を結び直さなきゃいけないから。

だからこれが、最後。

俺は寂しさに包まって哀しさに追いつかれたり置いてかれたりしないように口を開く。

「俺も、そう思うよ」

夕湖は寂しさを丁寧に畳んでぽっけに忍ばせておくみたいに言った。

「楽しもうね、朔」
「楽しもうな、夕湖」

せめて、と思う。

みんなで迎える最初で最後の学祭が終わるまでは、おんなじ青色でいられたらいい。

たとえ季節を染める紅の足音が、もうすぐそこまで近づいてきているのだとしても。

＊

少し長めの休憩にしたので、俺は夕湖と散歩がてらアスレチック広場のほうまで移動した。

幾久公園の名物、ってほどじゃないかもしれないけれど、すべり台やロープ、ネットなんかを組み合わせた遊具があり、子どものころは俺もときどき来ていた記憶がある。

そうしてまたベンチに座り、のんびり雑談に興じていると、

「せんぱーい、夕湖さーん！」

後ろから紅葉が無邪気に駆け寄ってきた。

夕湖と顔を見合わせ、軽く手を上げてそれに応える。

「おう、お疲れ」

「お疲れ、紅葉」

紅葉はそのまま俺たちの前に立つと、手の甲で大げさに額の汗を拭うような仕草を見せてからふうと口を開く。

「和希さんとお話ししてお腹いっぱいなので、ちょっと先輩で箸休めしに来ました！」

「あのな」

俺が思わずつっこむと、隣で夕湖が可笑しそうにセミロングヘアを揺らした。

それを見た紅葉が慌てて弁解するように声を上げる。

「笑わないでくださいよ夕湖さん！　だって緊張するんですもん！」

夕湖は口許に手を当て笑いを押し殺しながら言う。

「ううん、そうじゃなくて」

紅葉がきょとんと首を傾げる。

「じゃあなんです？」

その言葉に、夕湖はどこかやさしく目尻を下げた。

「紅葉、本当は朔とお話しするときのほうが緊張してるのにな、って」

「「え……？」」

思わず俺と紅葉の声が重なる。


「それはないだろ」

「それはないです」


ふたりで似たような反応をすると、夕湖はふふっと微笑みそれ以上なにかを説明するでもなくぽんぽんとベンチの隣を叩いた。

「紅葉も座る？」

「……はい！」

紅葉は言われるがままに座って口を開く。

「ふたりでお話ししてたんですか？」

その問いには夕湖が答える。

「うん。最近あんまり朔とこういう時間とれなかったから」

「ごめんなさい、もしかしてお邪魔しちゃいました？」

「ぜーんぜん、もうたくさんお話ししちゃった」

「ならよかったです！」

言われてみれば、と思う。

以前はよく夕湖を家まで送っていって、途中の公園でとりとめもない話をしていたのに、八月の一件以来はお互いなんとなく切り出せずにいた。

応援団の練習はみんながいっしょだったし、こうしてふたりでゆっくり話す時間をとれたのは久しぶりだったかもしれない。

だというのに、前よりも通じ合ってる気がするからやっぱり不思議なものだ。

紅葉は交互に夕湖と俺を見たあと、怖ずおずと探るように切り出した。

「あの、おふたりってなんか、夏休み前までと雰囲気違いませんか……？」

心当たりのありすぎる問いに、思わずはぐらかすような台詞が口を衝く。

「なんで紅葉が夏休み前の俺たちを知ってるんだよ」

紅葉は説明するまでもないといった様子で迷わずに答える。

「言ったじゃないですか、みなさんのことよく見てたんです！」

俺が反応に困っていると、そのまま言葉を続けた。

「前の夕湖さんって、誰もが認める先輩の正妻って感じじゃなかったですか？　学校でも帰り道でもいっつもおふたりでいっしょに歩いてて、お似合いすぎるって一年生のあいだでも話題になってたんですよ」

べつに自覚がなかったわけじゃないけど、傍からはそんなふうに映ってたのか。

こうして後輩の口から聞かされると妙に気まずい。

夕湖のほうに目をやると、向こうも照れくさそうに頬をかいている。

俺は短くため息を吐いて口を開く。

「それで、いまの俺たちはなんか違うか？」

はい、と紅葉が即答した。

「おふたりが気を悪くされたら本当に申し訳ないんですけど、こっちから始めた話なのであえて率直な感想を言いますね」

そうして少しだけばつが悪そうに頬をかきながら続ける。

「なんていうか、前は本当にできすぎてるぐらいお似合いで、それが逆にパフォーマンスぽいっていうか嘘くさいなってちょっとだけ思ってたんですけど……」

そこではっと言葉を句切り、慌てて付け加えた。

「あ、もちろんいい意味ですよ！　ドラマとか映画とかフィクションみたいっていう意味で、そのぐらい完璧だったってことです！」

なるほど、と俺は思わず苦笑する。

「むっかちーん、て怒るところ？」

そのまま茶化すように夕湖を見ると、

「さ、く？」

「ごめんなさい」

久しぶりに怒られたので秒で謝った。

なんだかこういうのも落ち着くな、と少しほっとする。

視線で先を促すと紅葉がこくりうなずいて続けた。

「最近は、自然に寄り添っているっていうか、無理していっしょにいなくてもずっといっしょにいる、みたいな……」

本当によく見てるんだな、とわずかに目を見開いてしまう。

夕湖がどう思っているかはさておき、それはまさに俺が抱いている感覚と同じだった。

前より遠くなったのに、前よりも近くなった気がする。

遠くから見ていただけの後輩にさえ伝わってしまうなら、やっぱり俺たちはなにかが変わったんだろう。

それがとうとう変わってしまったなのか、ようやく変われたなのかはまだわからない。

本当はずっと気になってたんですけど、と前置きしてから紅葉が言った。

「夏休みになにかあったんですか？」

まあ、流れからいってそういう疑問が浮かぶよな。

そう思いながら、時間を稼ぐように首の後ろあたりをぽりぽりとかく。

結果として巻き込んでしまったみんなはともかく、いくら応援団のかわいい後輩とはいえ他人においそれとするような話でもないだろう。

どう答えたものか迷っていると、夕湖(ゆうこ)がこちらを見てどこか儚(はかな)げに目を細める。

「朔(さく)、いい？」

想像とは違う、あるいは想像どおりだった言葉に俺は迷わずうなずいた。

「うん、夕湖がいいなら」

確かに駅前で道行く人へ配り歩くようなものじゃない。

だけど夕湖が紅葉(くれは)になら話してもいいと決めたなら、それを止めようとも思わなかった。

きっとここにはいない優空だって同じだろう。

そんな俺たちのやりとりを、紅葉はどこか興味深そうに眺めていた。

もう一度だけ確認するように夕湖がこちらを見て、そっと瞬きを重ねる。


「ありがと、朔」

「ありがと、夕湖」


それから俺は続きを委ねてベンチの背もたれに体重を預け、過ぎ去った八月へ想いを馳せるみたいに目を閉じた。

アスレチックで遊んでいた小さな子どもたちが帰り際に木の床をとことこ踏み鳴らし、近くのスプリング遊具が風に吹かれてきしきし笑っている。

ときどき、かさりと落ち葉が合いの手を入れた。

私ね、と夕湖が紅葉のほうを見て小さく首を傾ける。

「この夏、朔に告白してふられちゃったんだ」

「えっ……？」

夏休み中のできごとだ。

当然、みんなはうかつに話を広めたりしないし、さすがの紅葉(くれは)も初耳だったんだろう。

スカートの上で、もじもじと申し訳なさそうに指を組み替えながら口を開く。

「その、考えなしに聞いちゃって……」

ううん、と夕湖(ゆうこ)がやわらかくセミロングの毛先を揺らした。

「ちゃんと手を繋(つな)げたから、もうつらくはないの」

「手を、繋ぐ……」

こくりと頷(うなず)いて、夕湖はゆっくりと語り始めた。

小さいころから特別扱いされてきたのが不満だったこと。

高校では心から大切に思える親友と、好きな人に出逢いたいと思っていたこと。

入学してすぐにクラス委員長決めで揉(も)めて、初めて真(ま)っ直(す)ぐ叱(しか)られたこと。

それをきっかけにして、俺を好きになってくれたこと。

最初に告白したのは一年生のときだったこと。

返事は待ってほしいと伝えていたこと。

本当は二学期になって仲よくなった優空(ゆあ)に焦りを抱いていたこと。

ずっとそれを後悔していたこと。

二年生になって七瀬(ななせ)や陽(はる)とも仲よくなって、どこかでけじめをつけなきゃいけないと思っていたこと。

自分のせいで大切な人たちが自分のトクベツを大切にできていないと感じていたこと。

始めるためじゃなくて終わりにするための告白だったこと。

最後に優空が、手を繋いでくれたこと。


すべてを話し終えた夕湖が、ゆっくりと目を開けた。

「これが、私たちの八月」

途中からはまるで泣き出しそうに聞いていた紅葉が、

「そん、な……」

とうとう堪えきれずにぽろりと頬を濡らす。

「え、あ、私……」

泣いてる自覚がなかったんだろう。
涙があごの先端からぽとっと垂れたところで、紅葉がはっと目を見開く。
夕湖が困ったように向日葵色のハンカチを差し出しながら言った。

「もう、どうして紅葉が泣くの？」

「違うんです、これはそういうきれいな涙じゃなくて、っ――」

紅葉はなにかを言いかけて押し黙り、スカートの上でぎゅっと拳を握る。

そうしているうちにも、ぽた、ぽた、と手の甲が雨粒に濡れていく。

すみません、と紅葉がハンカチを受けとった。

「洗って、お返ししますね」

「いいよ、そんなの」

そっと、なるべく汚さないように気を遣いながら涙を拭っている様子を見て、夕湖がやさしい声色で言葉をかける。

「えっと、もらい泣き……？」

紅葉はなにかを拒絶するようにぶんぶんと首を横に振った。

「——そういうことにしておいたほうがいいのに、そういうことにしたくはありません」

そっと、まるで心の涙を拭おうとしているように、夕湖が後輩の背中を撫でる。

「もう少しだけ、教えてくれる？」

すぴっ、と紅葉は短く鼻をすすった。

それを恥じるように顔を背け、気を抜くと震えそうな声を両手で固く絞って水分を抜こうとしているみたいに言う。

「……私は夏さえもみすみす見送っていたんだなって」


行き場をなくした夏の感傷が、秋の入り口にぶつかってからんと転がった。

ラムネのビー玉みたいに、触れられない透明が溢れていく。

ラムネの泡みたいに、揺らいで、弾けて、消えていく。

正直、その言葉にどんな意味が込められているのかはわからない。

短い付き合いのなかでも、紅葉はときどきはっとするほど大人びた表情を見せることがある。

だけどこんなふうに無防備な心の端っこをさらけ出す瞬間は初めてだ。

その泣き顔はどこまでも後輩めいていて、なぜだか手つかずの春めいていて、ひとりぼっちの女の子みたいだった。


「ねえ紅葉?」

戸惑いひとつ見せずに夕湖が口を開く。

「やり直せるよ」

その言葉に紅葉がはっと目を見開いた。

「え……？」

夕湖はまるで初雪みたいなラインパウダーでスタートを引き直すように目を細め、

「――この夏にひとつの恋が終わって、また新しく恋した私みたいに」

とびきり無垢な瞳でくしゃっと笑った。

「夕湖、さん……」

紅葉がせっかく止まった涙がまた溢れてきそうな顔でぎゅっと唇を噛む。

なぜだか、つられて俺まで泣き出してしまいそうだった。

だから、もう一度歩き始めよう。

だから、もう一度駆け出そう。

そう、言われているような気がしたから。

ひとつだけ、と紅葉が立ち上がった。

一歩踏み出し、くるりとスカートを翻して振り返る。

涙を押し返した瞳は、どこか挑むような覚悟が宿っていた。

それはもしかしたら、短距離のスタートラインで見せる表情と同じなのかもしれない。

「夕湖さん、ひとつだけお尋ねしてもいいですか？」

やわらかく微笑んで夕湖が首を傾げる。

「いいよ、なに？」

しわになるほど強くハンカチを握りしめながら、紅葉は言った。

「手を繋いでしまったら、手離せなくならないですか？」

「手離すんじゃないよ、手向けるの」

夕湖(ゆうこ)はいっさいの迷いを見せずに温かい声で続ける。

「この胸いっぱいにあふれる想いも、過ごしてきた日々も、瞳(ひとみ)に映した色も、注いだ眼差しも、耳に残る声も、触れた手の温(ぬく)もりも、帰り道の匂いも、こぼれた涙も、届かなかった心も」

そこで一度言葉を句切り、そっと両手を胸に当ててから、

「――あなたに託すから幸せになってね、って」

花束みたいな笑顔で言った。

「――――ッ」

夕湖、と俺はとっさに立ち上がりそうになってすんでのところで思いとどまる。

さよならみたいに笑わないでくれ、なんてどの口が言えるだろう。

泣き出すみたいに祈らないでくれ、なんてどの面(つら)下げて懇願できるだろう。

そういう顔をさせている張本人はお前自身なのに。

紅葉(くれは)は何度もなにかを言いかけて押し黙り、ちょっとだけ呆(あき)れたように肩をすくめ、茶目っけたっぷりの表情でぷっと吹き出した。

「夕湖さん、それ微妙に重くないですか?!」

きょとんと、夕湖が首を傾げる。

「そうかな?」

紅葉はどこまでも屈託のない様子で言う。

「やっと自分の恋が叶ったのに、違う女の子の心は預かれなくないです?」

そうかな、と夕湖がもう一度同じ台詞(せりふ)を口にした。

「少なくとも私が手向(たむ)けたいと想える女の子たちは、きっと連れていってくれるよ」

紅葉(くれは)は思わずといった様子でか細い声を漏らし、

「そのなかに……」

いえ、と取り消すように首を振る。

「みなさん素敵な方ばっかりですもんね！」
「うん！」
「そんなふうに想い合える関係性、憧(あこが)れます！」
「紅葉もそういうお友達になろうね！」
「えへへー」

ちょうどそのタイミングで、

「いたいた、いいかげん練習再開するよー」

背後から七瀬(ななせ)が駆け寄ってきた。

その言葉で時計を見ると、とっくに休憩時間をオーバーしている。

思ってもみなかった方向に話が転がったせいで、すっかり聞き入ってしまっていた。

七瀬が呆れたように言う。

「まったく、三人揃ってこんなところで」

俺と夕湖はばつが悪くなって顔を見合わせる。

紅葉が慌てて弁解するように口を開いた。

「ごめんなさい！　私が夕湖さんに八月の話を聞かせてもらってたから」

七瀬はひくっとわずかに眉を上げる。

「へえ？」

無邪気な声で紅葉が続けた。

「とっても素敵なお話でした！」

七瀬は小さく肩をすくめ、どこか先輩めいた余裕のある笑みで言う。

「そか」

そうして四人並んで広場のほうへ歩き始めると、

「――――♫」

不意に夕湖が『宴』のパートで流す曲を口ずさんだ。

「私、この曲すっごく好き！」

俺と七瀬は思わず顔を見合わせて、くすっと笑う。

「俺も好きだよ」

「私も好き」

紅葉が夕湖に声を重ね、やがて七瀬もそれに続く。

いつのまにかすっかり夕暮れに差しかかっている空へ、不器用なメロディーが溶けていく。

それは地に足のついた等身大の憧れみたいで、とても悪くなかった。

＊

応援団の練習を終えて幾久公園でみんなと解散した私、七瀬悠月は、藤志高の方向へ戻る途中にある田原町駅の広場でクロスバイクをとめて、近くにある歩道橋の上に立っていた。

あたりはもうすっかり桔梗色の薄い暗がりに包まれている。

夜が長くなってきた、と思う。

まるで鉛筆で引かれた昼との境界線を誰かがおもちゃの消しゴムでこすっているみたいだ。

時間をかければかけるほど、持ち主の想いとは裏腹にじわじわ黒の帯が塗り広げられていく。

きっと気づいたときには取り返しがつかないぐらいに染められてしまっていて、もしかしたらそれはいまの私に似ているのかもしれない。

あてどなくそんな考えに耽っていると、

「好きなんです、歩道橋の上から見る景色」

隣に立っていた紅葉が言った。

「わかる気がするよ」

私は目の前に広がる夜の景色を眺めながらそう答える。

歩道橋でまたいだ幅広のフェニックス通りは、ヘッドライトを点けた車が回遊魚の群れみたいに規則正しく流れていた。

その中心には田原町駅へと繋がる線路が伸びていて、まわりよりも背の高い路面電車が海を渡る客船のようにゆっくり遠ざかっていく。

街灯や自販機の灯りがバス停の透明な囲いに反射してきらきらとゆらめき、真っ直ぐ伸びた道の奥まで整列した信号機が、赤、青、黄と代わりばんこに色を変えた。

左手にぼんやりと浮かび上がる福井市体育館の特徴的な三角屋根は、まるで遠くにかすむ山並みと連なっているみたいだ。

「久しぶりだな」

歩道橋の手すりに体重を預けながら、自然と私はそう口にしていた。

「なにがです？」
「歩道橋」
「上ろうと思わないと上りませんもんね」
「小学校以来かも」
「ちょっと想像しちゃいました」
「かわいかったでしょ」

「はい、かわいかったです」

紅葉（くれは）となんでもない会話を重ねながら、ふと懐かしく思いだす。

私の小学校は集団登校だったから、同じ学校に通う近所の子どもたちといっしょに通学をしていた。

学年はばらばらで、基本的に六年生がいれば六年生、いなければ五年生が班長や副班長になってそれぞれ先頭と最後尾を歩く。

前者は腕に腕章を着けることになっていて、低学年だったころはそれが大人の勲章みたいに見えたことをいまでも覚えている。

通学路の途中にある大きな道路にはちょうどこんなふうにクラシックな歩道橋がかかっていて、身長がでこぼこな六人ぐらいで一列になって渡っていた。

少し離れたところに横断歩道があって大人はみんなそっちを使っていたから、歩いているのはいつも子どもたちだけ。

そういえば、あのころは歩道橋を通るたびになんだかわくわくしてたな。

朝の通勤時間にはそれなりに車が混雑していたから、その上をすいすいと横切っていくことに子どもながら妙な罪悪感と優越感を抱いていた。

タイミングよく大きなトラックが下を通るとびりびり振動が伝わってきて、いま思いきってここからジャンプすれば、その広い背中に揺られてどこか知らない町まで行けるかな、なんてよく妄想したものだ。

友達との帰り道になると、歩道橋は私たちにとって公園の遊具とおんなじだった。

グリコじゃんけんで遊んだり、鬼ごっこのフィールドに含まれていてみんなできゃっきゃと駆け回ったり、階段に座り込んでおしゃべりしたり。

遠くの山に沈んでいく夕陽を並んで静かに見送っていたこともあったっけ。

おかしいな、どうして忘れていたんだろう。

あのころ、たしかに歩道橋は特別な場所だった。

まだ小さかった私たちにとっては手すりの隙間(すきま)から町をこっそり覗(のぞ)いているようで、行き交う車もときどき通りかかる人も、自分が高いところから見られていることになんて気づいていないんだろうなって、そういう不思議な感覚。

もしかしたらあれが、一番身近にあった非日常的な景色で、大人には見つからない少年少女たちのひみつきちだったのかもしれない。

いつのまにかとっくに追い越しちゃったな、と目の前の手すりをそっと撫(な)でてみる。

ひんやりと冷たくて、私の身長よりもうんと低い。

ああそういえば、と思う。

——こんなふうに女の子だけでないしょの話をするにも、おあつらえむきだった。

私はぼんやりと行き交う車の流れを眺めながらつぶやく。

「こういうのって、そのうちなくなっちゃうのかな」

「こういうの……？」

「歩道橋とか、役割を終えたもの」

「役割、終わっちゃったんですかね」

「夜の感傷だよ、気にしないで」

べつに歩行者の安全を確保するためには必要だとか、小学生はいまでも使っているだとか、あるいは反対に高齢者や足が不自由な人にやさしくないだとか、そういう昼の世界の話をしたいわけじゃない。

概念的に終わってしまったものがある。

たとえば、街角でひっそりと寂れていく公衆電話。

たとえば、Bluetoothスピーカーと本格的なオーディオシステムのあいだにあるミニコンポ。

たとえば、下駄箱に入れるラブレター。

それから、と私はもう一度ぽつりとつぶやく。

「かつては特別だった景色とか、忘れてしまったもの」

「あるいは」

思いがけずに、紅葉(くれは)が続きを引き取った。

「――自(おの)ずからたがをかけていた恋とか、目を逸(そ)らしていたもの」

　もう、いちいちその鋭さに驚きはしない。

　幾久公園での帰り際、もしよければいっしょに帰りませんかと持ちかけられたとき、私はとくに迷うでもなくその誘いを受けた。

　だからふたりでクロスバイクを漕ぎながら、紅葉が不意に歩道橋へ上りたいと言いだしたって、ことさら理由を問い質したりもしない。

　なにかしら話でもあるんだろうし、なくてもいいかと思える夜だった。

「聞きましたよ、ナナさん」

　いましがたの言葉を回収することもなく、紅葉が話を変える。

「練習試合で、県外の強豪を下したんですよね」

「まあ、ね」

「バスケ部の友達が興奮してました、ナナさんがすごかったって」

「誰かさんに焚きつけられたおかげで覚醒した、とか言ってほしい？」

「まさか！　きっかけがなんであれ、試合で発揮するパフォーマンスは正しくナナさんの実力でしかありませんよ」

　その反応に、私は思わずふっと笑ってしまう。

「体育会系、なんだね」

「体育会系、なんです！」

偽物だったらよかったのに、と私はとっくに辿り着いていた答え合わせをして想像どおりの結果にこっそり情けないため息を吐く。

そのまま自嘲的にかつ挑発的に口を開いた。

「いまはまだ、私より格上の」

「競技が違うので一概には比べられませんけど、実績だけで語れば、いまはまだ」

「ほんと、いい面の皮」

紅葉が一〇〇メートルでインハイへ出ていると聞いたときは素直に驚いた。

陸上競技のなかでも花形だし、走るというシンプルなスポーツだからこそ、運や勢いだけで乗り切れる甘い世界じゃないってことはわかる。

そこで結果を残しているということは、ただ純粋に強いんだ。

バスケみたいな団体競技と違って、チームのまとまりだとか、メンバーの怪我だとか不調だとか、言い訳の余地さえない個の戦い。

紅葉は誰にも頼ることなく己の身ひとつで、勝ち抜いている。

いまの反応ひとつとってみても、どれだけ本気で競技と向き合っているのかは否応なしに伝わってしまう。

その事実を認めないわけにはいかなかった。

ふふっ、と紅葉がどこか可笑しそうに切り出す。

「そういうナナさんこそ、人のこと言えなくなってきたじゃないですか」

「へえ、どういう意味？」

私が問い返すと、紅葉はくるりと反転して歩道橋の手すりに背中を預ける。

そのまま空を見上げながら、どこかうれしそうに口を開いた。

「教えてくれた友達が言ってましたよ、いつもとプレースタイルが違ったって」

「それで？」

「普段はナナさんのパスで陽さんやまわりを生かして得点を重ねるのに、あの日はスコアラーの役目をバトンタッチしたみたいだった、と」

「……ものは言いようだね」

私のわずかな逡巡を目ざとく察したのか、さくりと紅葉が言う。

「目的のために陽さんを切り捨てたんですか？」

「形だけを見れば、そうかもね」

この程度で大げさに動揺したくはないと思った。

自分のためにも、それから相方のためにも。

紅葉がなんでもないことのように続ける。

「いいじゃないですか、ちゃんと結果を出したんだから」

「そう思ってる」

「チームメイトも喜んでたんですよね？」

「相方以外は、ね」

「それはナナさんじゃなくて陽さんの問題ですよ」

「あいつは抜けるかな？」

「本当は信じてるくせに」

　まったく、と私は思わず苦笑した。

　紅葉と同じように振り返って歩道橋の手すりに背中を預け、ほとんど同じ高さにある肩を並べながら空を見た。

　仮にも福井の町中だってのに、うんざりするぐらいきれいな星屑が瞬いている。

　絶えず行き交う車を除けば、私たち以外に人影は見当たらない。


　いつもより星空に近い場所で、ふたりきり。

　好きにも嫌いにもなりきれない生意気な後輩と、ふたりきり。

　もっと違う形で出逢っていたら、とかフィクションめいた台詞が口を衝きそうになって、やっぱり夜の感傷だと自嘲する。

もしも私たちがクラスメイトだったなら。

もしも私たちがチームメイトだったなら。

もしも私たちが同じ男の子を好きにならなかったなら。

私たちは案外いい相方になれていたのかもしれない、なんて、そうはならなかったことを惜しんでみたって仕方ないのに。

そこまで考えて不意に、あの日こぼれた言葉の雨が降り注いできた。

『出会う順番が違っていたら、そう考えたことはありませんか?』

『たとえば自分も一年生のときから同じクラスだったら、幼なじみだったら……』

『好きになったときにはもうその人の心に他の女の子がいて、もしも自分のほうが先に出会っていたらって、そんなふうに』

『私はずっと私でしかないのに、偶然ごときを相手に引けないじゃないですか』

『春を巻き戻したいんですよ』

ああそうか、紅葉は――。
些細な引き金で、どうしようもなく実感してしまう。
こういうもしもの相手がたまたま好きな人で、そうはならなかったのひと言であっさり身を引くことができなかったんだ。

だから巻き戻す、か。

その言葉が意味するところを真に理解しているのは紅葉本人だけだろうけれど、いまの私には輪郭をなぞることぐらいできる。
ようするに、もしもこの世に運命なんてものがあるのだとしたら、そいつに真っ向から1on1を仕掛けて力尽くでねじ伏せようとしているってことだ。
ちょうどあの体育館で、私が東堂相手にそうしたように。

――トラックやコートという自分の縄張りじゃなくて、恋という表舞台で。

だから私も、覚悟を決めてそこへ上がらなきゃいけない。

スポットライトの下で、物語のヒロインを証明するために。

まるでそんな心を見透かしたように紅葉が言った。

「七瀬悠月(ななせゆづき)で在り続けることよりも、ナナになることを選んだんですね？」

私はふっと余裕めかした笑みで応じる。

「本名で舞台に上がる役者はいないでしょう？」

その言葉に、紅葉はくすっと小さく肩を揺らした。

「自分でけしかけておいてなんですけど、いまのナナさんはちょっとだけ手強(てごわ)そうです」

「ちょっとだけ、か」

「それでも夕湖(ゆうこ)さんほどじゃないですから」

「言ってくれるね、本題はそっちってわけ？」

「はい！」

まったく、とその正直さに呆れも怒りも通り越して笑えてくる。

これまでの話は前座だったってわけか。

悪びれるわけでもなく紅葉が言う。

「今晩は付き合ってくださいね。いまのところ、本音でこういう話をできるのは悠月さんだけなんですもん」

端からそのつもりだけど、と私は口を開く。

「紅葉でもひとりで抱えきれない想いがあったりするわけ？」

「まさか、これまでずっとひとりで抱きしめてきた想いですよ」

紅葉がくすぐったそうな表情で首を横に振って続ける。

「ひとりでいられることだけが数少ない私のアドバンテージなんですから、みすみす手放すわけがないじゃないですか」

「だよね、聞いた私がばかだった」

「はい！」

「その返事は違うだろ」

思わずつっこみ、ふたりで顔を見合わせぷっと吹き出す。

ひとしきり笑ったところで、私は言った。

「だったら、なんで私を誘ったの？」

「さあ？」

紅葉はどこかセンチメンタルに首を傾げた。

「それこそ夜の感傷、じゃないですかね？」

「なら、仕方ないか」


そう答えた私も、きっとセンチメンタルな顔をしていると思う。

もしかしたらこれは前夜なのかもしれない。

文化祭よりひと足早く始まろうとしている、私たちの舞台。

幕が上がったら結末まで演じきらないといけないから、その手前で束の間のひととき。

ただの七瀬(ななせ)悠月と望(のぞみ)紅葉として、言葉を交わしておきたかったのだろうか。

私はそっと目を細めながら切り出す。

「八月の話、だよね？」

「はい」

紅葉が静かにうなずいて続ける。

「夕湖(ゆうこ)さんについて、私が言ったこと覚えてますか？」

「もちろん」

あの屋上で浴びた最初の一太刀。

『――あんた、私たちをどうしたいの？』

『私たち、ですか』

『そこで千歳を、と言えないところがいまの悠月(ゆづき)さんたちと夕湖(ゆうこ)さんとの距離だと思いますよ』

忘れたくても忘れられるはずがない。

それは誰よりも自分自身が痛感していたことだからだ。

「不思議だったんですよね」

紅葉(くれは)がぽつりと漏らして続けた。

「夏休み前までの、私が遠くから見ていた夕湖さんに対してそんなふうに思ったことはありませんでした。むしろみなさんのなかでは一番危うい立場に映っていたんですけど……」

「過去の夕湖を貶(おとし)めるわけじゃないけど、言いたいことはわかるよ」

私も似たような考えが頭の片隅になかったかと聞かれたら答えに困る。

かつての夕湖はあまりにも無邪気な、より直接的に表現するならば生まれたての幼稚な恋心を押しつけすぎているように見えた。

あれではやがて好きという言葉がおはようやおやすみと同じぐらいの日常になってしまって、愛着は生まれてもそれが愛情には変わらないんじゃないか、と。

もちろん実際には嫌らしく分析していたわけじゃないけど、いまあえて整理するならどこかでそういうふうに考えていたんだと思う。

だから私はどちらかといえば西野先輩や、陽や、うっちーと千歳の距離が縮まったときのほうが心を乱されていた。

だけど、と紅葉が右脚を左脚の前に重ねた。

「いざ応援団に入ってみたら、ぜんぜん雰囲気が違っていて。もちろん髪型が変わったとかそういうことじゃなくて、なんていうか……」

「大人びていた？」

私が言うと、こくりとうなずく。

「端的な言葉にするならそれが一番しっくりきます。以前はどこか自分の気持ちだけで好きな人を振り回しているようにも見えたのに、いまはただただひたすらに先輩を想っているというか、お隣に相応しいと、そう感じてしまいました」

「――彼を、想うよ」

紅葉（くれは）がきょとんと目を見開く。

「え……？」

私は眠るようにやすらかで美しい笑みを思いだしながら言う。

「あの夏の終わり、私が夕湖（ゆうこ）にこれからどうするのって聞いたときの答え」

「そっか……」

紅葉はどこか切なげに目を細めてから続ける。

「だから聞いてみたかったんです。夕湖さんに、夕湖さんと先輩のあいだになにがあったのか」

「納得のいく話だった？」

「はい！」

それで、と私は短く息を吐いた。

「流れだから礼儀として聞くだけ聞いておくけど、これからどうするつもり？」

答えが返ってくるとは期待していなかった問いに、あっさりと紅葉は口を開く。

「ナナさん、あの屋上で私が挑発した内容って覚えてます？」

「それだけで見当がつく程度の数だとでも？」

「ほらあれです、悠月（ゆづき）さんに見劣りしないぐらいのって」

「ああ」

目の前にいる人間を象徴するような台詞(せりふ)だったからよく覚えている。

『私、悠月さんに見劣りしないぐらいの美人です。

優空(ゆあ)さんみたいに料理ができますし、運動も陽(はる)さんに引けをとりません。

その気になれば、明日風(あすか)さんみたいに相談に乗ってあげることもできますよ』

ただ事実を並べるような声色でそう口にしていた。

紅葉が軽く握った拳(こぶし)をくすっと唇に当てる。


「ただの虚勢だと思いますか?」

「いや、本当にそうなんだろうね」

「へえ?」

「言ったでしょう、あなたのことは認めてるの」

「星のきれいな夜にしっぽり口説かないでくださいよ」

「うっかり惚(ほ)れてもいいんだよ」

「ナナさんと先に出会っていたら、あるいは」

「順番を理由にするのは嫌いじゃなかったの?」

「だからですよ」

「なるほどね」


一度言葉を句切り、私は話を戻す。


「それで、あの挑発がなに？」

「わかりませんか？」

「察しはつくけどね」

「だから私は……」


言いながら紅葉(くれは)はとんと手すりを離れてこちらを振り返った。

夜風に揺れる髪の毛を耳にかけ直し、ゆっくり時間をかけて瞬(まばた)きをする。

そうしてひと夏を超えた少女のように大人びた眼差しで、

「――夕湖(ゆうこ)さんみたいに先輩を想うことだって、できますよ」

手つかずの白雪みたいにふありと笑った。

「認めるよ」

案の定、まるで夕湖そのものみたいな紅葉を見せつけられ、私は素直にそう言って続ける。

「確かにあなたは、夕湖のようにも、うっちーのようにも、陽のようにも西野先輩のようにも、それから私のようにも振る舞えるんだろうね」

だけど、と手すりを離れて左耳に髪をかけた。

「ひとつだけいい？」

「はい！　なんでしょう！」

わざとらしく後輩ぶる女に向かって一歩、二歩と近づき――――。

そっと、スカートの上から左腿の辺りに五本の指先で触れる。

「えっ、と、悠月(ゆづき)、さん……？」

珍しく素の動揺を見せる紅葉(くれは)に、私はちるり舌先で唇を湿らせた。

そのまま腿からお尻(しり)のほうへ向かって小さな円を描くように、触るよりも繊細に撫(な)でるよりもまだ儚(はかな)くそっと指先を動かす。

「ひぅっ——」

紅葉の反応は無視して、そのままつううと指先を這(は)い上がらせていく。

左の腰骨を確かめ、ウエストから肋骨(あばらぼね)を一段ずつ登って胸のすぐ脇をなぞり、鎖骨をゆっくり周回してから、首筋をたどってあごの輪郭を包み込む。

「んっ」

思わずといった様子で紅葉が甘い声を漏らす。

「悪いお口」

私はそう言いながら、親指でそっと無垢な唇に蓋をする。

そのまま表面を這わせると、焦れったそうに固くこわばってしまう。

びくっ、と内側で動く舌の気配が伝わってきた。

「あんまり舐めないで」

互いの鼻先をそっと触れ合わせて瞬きを重ねる。

短く早まる紅葉の吐息が私の唇を撫でた。

そのままゆるやかに頰を擦り寄せ、口を開けば耳朶に触れそうな距離で音の粒を際立たせるようにそっとささやく。

「そういうふうに振る舞えるのは、あなただけじゃないから」

「――っ」

堪えきれないといった様子で紅葉が身をよじった。

その反応に満足して、私はふふっと目を細める。

「かわいい」

左耳を押さえて顔を背ける後輩に向かってとろんと甘い声で続けた。

「一丁前に息巻いてたくせして、初心な反応するんだね」

ひぅひぅと、呼吸を整える音が取り繕いきれずふたりきりの歩道橋に響く。

「悠月さん、っ」

「――ナナだよ、いまは」

紅葉がはっとしたようにこちらを見る。

動揺を隠しきれない頬は、まだわずかに紅潮していた。

「ようやく一太刀、ってところか」


言いながら私が口の端を上げると、観念したようなため息がこぼれる。

「訂正します」

紅葉はどこか後輩らしい表情でへにゃりと目尻を下げた。

「いまのナナさんは、けっこう手強そうです」

「そりゃどうも」

私が肩をすくめて微笑むと、照れくさそうに頬をかきながら続ける。

「ナナさんの女、不覚にもぞくっとしちゃいました」

「いまのうちに乗り換えておく？」

「乗りこなすのは骨が折れそうですね」

それで、と紅葉がどこかはしゃぐように声を弾ませた。

「ようやく本気になれたってことで、いいんですよね？」

「やけにうれしそうじゃん」

「はい！　どうせ勝つなら、本気のナナさんに勝ちたいですから」

私はちるりと挑発的に唇を湿らせて言う。

「いまさら後悔しても遅いよ」

「取り返しのつかない後悔には慣れてます」

「待たせたね」

「お待ちしておりました！」


そうしてふたりで顔を見合わせ、くぷっと吹き出す。

きっと、お互いにわかってる。

開幕前夜の浮ついた馴れ合いはここまでだ。

紅葉(くれは)は今度こそ躊躇(ちゅうちょ)なく駆け抜けていくだろう。

私たちの停滞をあっけなく切り裂いたように、その強(したた)かな望みであいつの心を撃ち抜きにかかるだろう。

感謝してるよ、紅葉。

そういうあなたがいなければ、私はいつまで立っても本当の七瀬悠月(ななせゆづき)に会いに行く勇気を持てなかったし、愛する男のためにそれすらもなげうつ覚悟はできなかった。

だからお礼に魅せてあげる。

私の月を隠したあなたに、

——真っ赤な毒りんごを隠した、ナナという魔女の夜を。

＊

鏡よ鏡。

——たとえば私が、夕暮れの湖だったなら。

＊

翌日の放課後、俺、千歳朔はホームルームが終わってもそのまま教室に残っていた。

まわりにはクラTもとい蔵Tを着た夕湖、優空、七瀬、陽、和希、海人、健太の応援団メンバーとなずなが輪になって座っている。

今日は文化祭で演じる『白雪姫と暗雲姫と優柔不断な王子さま』の初練習というか、脚本の読み合わせをしていた。

ちなみに俺、夕湖、七瀬以外の応援団メンバーはこれが初見になる。

いったん演技は抜きにして、全員が自分の台詞を声に出しながら最後まで朗読してみると、なずながぱちんと手を叩いた。

「って感じかな！」

そのままみんなを見渡し、あはっといたずらっぽく目を細める。

「ちなみに最後は千歳くんたちのアドリブに任せることになってるから」

その言葉を聞いた和希が思わずといった様子で苦笑した。

「これはまた……」

海人はなぜだか悔しそうに歯を嚙みしめる。

「くっ、主役を譲るんじゃなかった」

健太がどこか乾いた声を出す。

「でもこれただの神じゃん」

陽がすかさずそれに続いた。

「うわぁ、最っ低な男」

最後に優空が馴染みの台詞を口にする。

「まあまあ、朔くんってそういうところあるから」

「──フィクションだからねッ?!」

お約束の流れを済ませ、みんながひと笑いしたところでなずなが言う。

「それで、なにか質問とかある?」

初見組が互いに顔を見合わせ、こくりとうなずく。

まあ、アレンジで六人に減らしたこびと役はそれほど台詞(せりふ)も多くないし、問題はないだろう。

ナレーションは応援団メンバーが兼任し、魔法の鏡の声はなずなが引き受けてくれた。

脚本も最初からそれを想定して作っていたみたいで、本人の性格がけっこう色濃く反映されている。

ちなみにこびと役も普段のみんなに寄せているので、わりと自然体で演じられそうだ。

最初は驚いたけれど、冷静になって読み返すと限られた練習時間も含めていろんな部分がよく考えられているな、と思う。

脚本を書いてくれた文芸部の子たちはもちろんだけど、なずながあれこれと俺たちに配慮してくれたのが伝わってくる内容だった。

夕湖(ゆうこ)はもちろん、かつてはばちばちやり合っていた七瀬(なせ)が心を許した理由もよくわかる。

そんなことを考えていると、当のなずなが口を開いた。

「問題なさそうだね、おっけー。じゃあ、とりあえず脚本見ながらでいいからさっそく演技の練習始めてみよっか？」

みんながこくりとうなずいて立ち上がろうとすると、

「はいはいはーい！」

夕湖が元気よく手を上げた。

「はい夕湖」

なずなが言うと、どこかうきうきした様子で声を弾ませる。

「最初の暗雲姫（あんうんひめ）と魔法の鏡のシーン、試しにやってみてくれない!?　私は演技とかあんまりわからないから、悠月（ゆづき）となずながやってるの見たらイメージ湧（わ）くかなって」

「「ああ……」」

名指しされたふたりの声が重なった。

確かに、と思う。

なずなは誰よりも脚本を読み込んでいるだろうし、七瀬も軽く頭には入れてきているはずだ。

あとは即興でどうにでも対応できるだろう。

怖（お）ずおずと、優空（ゆあ）が手を上げる。

「あの、私もちょっと見てみたいかも」

しゅばっと、健太もそれに続く。

「お、俺もっ！」

それを聞いたなずなが悠月のほうを見た。

きっと信頼の証なんだろう。

まるで昼休みのチャイムが鳴って学食へ誘うぐらいの気軽さで言う。

「いける？」

気づくと、いつのまにか教室がしんと静寂に包まれていた。

夕湖の声はよく通るからまわりのみんなにも聞こえていたんだと思う。

大道具や小道具なんかの準備を進めていたクラスメイトたちが、手を止め固唾を呑んで事の成り行きを見守っている。

俺が気づいているぐらいだから、当人も気づいているはずだ。

七瀬は謙遜するでもなくすらりと立ち上がり、

「オーディエンスのお望みとあらば」

スカートをちょこんと摘んで優雅にお辞儀してみせた。

「「「「うぉおおおおおおおおおおおッッッ!!!!!!!!」」」」

とうとう堪えきれなくなったクラスメイトたちの歓声が噴き上がる。

「俺、この日のためにめんどくさい雑用がんばってきた！」

「右に同じく！」

「てか私いまのお辞儀でもう無理」

「目も耳も幸福すぎてやばっ」

きっと七瀬のことだ。

夕湖や優空、健太といった役者組のお手本になることはもちろん、実際のイメージが摑めれば、こんなふうに裏方で地道な作業を続けてくれているクラスメイトたちのモチベーションにも繋がるってとこまで考えているはずだ。

当然、七瀬悠月が演じてみせるという意味には自覚的なうえで。

どこまでもらしいな、と俺はなぜだかほっとして、ほっとしてしまったことにはっとした。

ともすればその穏やかな感情が胸を締めつける感傷に置き換わってしまいそうな気がして、知らずやるせなさの心当たりを探す。

不意に、七瀬がどこか静謐さをまとう眼差しをこちらに向けていることに気づいた。

目が合うと、ないしょ話を始めようとしているみたいに睫毛の影をそっと揺らす。

その些細な合図がやけに切なくて、なにかを誤魔化すようにふっと口の左端を上げた。

七瀬はまるで雪国の真夜中みたいにしんしんと純白の微笑みを浮かべる。

「私を見ててね、朔」

「見てるよ、悠月」

俺はその瞳へと吸い込まれるように、気づけばそう答えていた。

＊

そうしていつのまにか制服へと着替えた七瀬が、舞台代わりの教壇に立つ。

本番用の衣装はまだ試着していなかったし、とはいえいくら即興の余興みたいなものだとしても、蔵Tのままじゃ締まらないと思ったんだろう。

こういう抜かりなさが、やっぱりらしい。

七瀬の全身が映り込むほど大きな魔法の鏡はすでに用意できていたらしく、教壇の上にセッティングされている。

いったいどこから調達してきたのか、雰囲気のあるアンティークなフレームはこれぞまさにという趣があった。

七瀬が鏡を見ながら髪の毛を左耳にかけ直し、準備が整ったとばかりにこくりとうなずく。

ナレーションを兼任している和希がふっと穏やかな笑みを浮かべて口を開いた。

「それではこれより、二年五組による演劇『白雪姫と暗雲姫と優柔不断な王子さま』のオープニング部分をご覧に入れます」

「「「「おぉーーーー」」」」

ぱちぱちぱちぱちと、割れんばかりの拍手が教室に響く。

「昔むかし、あるところに、暗雲姫と呼ばれるそれはそれは美しいお姫さまがいました」

和希が馴染みの口上を諳んじる。

「しかし暗雲姫さまはその美貌を鼻にかけ、誰よりも自分が美しいと信じて疑わず、ぶっちゃけプライド高くて他人を見下しているふしがありました」

「言い過ぎでは?」

七瀬がナレーションにつっこみ、教室がどっと湧く。

ちなみにこれは脚本に書かれていない即興のアドリブだ。

さすがだな、と俺もくつくつ肩を揺らす。

和希は心なしかうれしそうに頰を緩めて続けた。

「暗雲姫は、魔法の鏡をもっていました」


七瀬がすっと前に歩み出る。

鏡に映った自分が観客からも見えるようにちらりと確認してから体重を右脚にかけ、軽く浮かせてつま先だけ地面につけた左脚をそこにそっと重ねた。

左手を腰に当ててしなをつくり、いわゆるモデル立ちで口を開く。


「――鏡よ鏡」


その台詞（せりふ）を合図にして、鏡の上からするするとパネルのようなものが下りてきた。

バストアップでくり抜かれているのは、デフォルメされたなずなのイラストらしい。

ようは鏡の精みたいなやつを表現しているんだろう。

イラストのなずなはどことなく魔女っぽい服を着ている。

このへんは手作り感があふれていて、いかにも学祭らしい。

なずなのパネルが鏡に重なると、七瀬がどこかうっとりした表情で右手を口許（くちもと）に当てた。


「この世でいちばん美しいのは」

一度言葉を句切り、どこか艶(なま)めかしくちろりと唇を舐(な)めてから続ける。

「まあ私なのだが」

「いや聞けし！」

すかさず魔法の鏡ことなずなの声がつっこみ、クラスメイトたちがぶはっと吹き出す。
このへんのくだりは俺も最初に脚本を読んだとき思わず笑った。
本人たちの性格がうまく取り入れられていて見ているほうにも親近感が湧(わ)く。
七瀬(ななせ)がどこかわざとらしく幸せそうな笑みを浮かべる。

「そうして世界一美しい私は世界一すてきな王子さまを侍(はべ)らせながらいつまでも幸せに暮らしましたとさ。はいめでたしめでた……」

「終わらせないよ?!」

すっかり打ち解けたこともあってか、ふたりの息はぴったりだ。

七瀬の演技はもちろんだけど、なずなのつっこみも間がぴしゃりとはまっている。

「答えがわかりきってるのにいちいち確認する意味ある？」

「私の存在意義！」

少し脚を崩し、腕を組んだ七瀬が不機嫌そうにじとっと鏡を見る。

「はいはいじゃあこの世でいちばん美しいのは誰？」

「ねえ待って私の扱い雑じゃない？　魔法の鏡だよ？」

「はよしね」

こほん、となずながわざとらしい咳払いをして口を開く。

「暗雲姫よ、傲慢でかわいげのない性格を見て見ぬふりすればそなたは確かに美しい」

「……山に埋めるか」

「待って！　ここからだから！」

ちなみに俺も含めて、クラスメイトたちは一生笑ってる。
優空なんかつぼに入ったのか床をぼすぼす叩いていて苦しそうだ。
ふたたび気を取り直してなずなが続けた。

「しかし残念ながらこの世でいちばん美しいのは白雪姫です。
外見はもちろんのこと、内面の清らかさなんてもう天と地、月とすっぽん、エルメスのバッグとエナメルのバッグぐらい違う。
ゆーて向こうは白雪であんた暗雲だし名前からして勝負ついてる感じ」

「やっぱこの場で叩き割ろ」

「ごめんて調子に乗った外見は同じぐらいかも！」

「ほう？」

「あと向こうはあんまり裕福じゃないから服はあんたのほうがきれい」

「服かよ」

もういい、と七瀬（ななせ）が観客のほうを見て声を張る。

「のっぽを呼びなさい」

この「のっぽ」というのは六人のこびとのひとりで、海人（かいと）のことを指す。
説明するまでもないと思うけれど、名前の由来は背が高いから。
同様に優空が「おしとやか」、陽（はる）が「ちびっこ」、和希（かずき）が「すかし」、健太（けんた）が「めがね」、こびと役を演じるときのなずなが「ぎゃる」。
ちなみに俺たちの演劇では六人のこびとが暗雲姫に仕えているという設定だ。

なずながあはっと笑って口を開く。

「出たでた、邪魔な白雪姫に刺客を差し向けて殺しちゃうやつ。やっぱ性悪ーっ！」

「正気か？」

「え、そういう流れでしょ？」

「そんなことしたら私のほうが美しいことを証明できないでしょう」

「じゃあどうすんの？」

「もちろん、この城に白雪姫を招待するのよ」

「は？　なんのために？」

「今度、舞踏会があるの」

「ああ、初恋の王子さまが来るってやつ」

「なぜきさまがそれを知っている」

「魔法の鏡だし」

「こういうときだけ無駄に有能なのやめろ」

「でも、なおさら白雪姫なんて呼ばんほうがよくない？　私が王子さまだったら秒で向こう選んでハッピーエンドだけど」

「おい」

「わかった！　わざわざ王子さまの前で恥かかせるんだ！」

「あのな……」

呆れたようにつぶやいてから、七瀬はかつんと靴底で舞台を踏み鳴らし、しなやかな立ち姿とは裏腹にすうっと冷たく目を細める。

途端、空気が凛と張り詰めた。

まるで物音を立てたら壇上にいる美しい姫の機嫌を損ねてしまいそうで、身じろぎひとつ許されないような緊張感が流れる。

誰もが、知らずのうちに身体をこわばらせていた。

誰もが、次の台詞に耳を澄ませていた。

静けさがひりひりと肌を焼いた頃合いで、七瀬が眼差しに色気をのせる。

叱った後で甘やかすように、ひとりひとりにこっそり目配せするように教室を見渡した。

そうして行儀よく待っている観客に向けて、いい子にできたねとでも言わんばかりにゆっくり首肯する。

はふう、と真夜中みたいな吐息を漏らしてようやく七瀬が口を開いた。

「白雪姫にはとびきり仕立てのいいドレスを着せて、きれいにメイクを施して、社交場での作法を教えてあげる」

つつうと、胸やウエストのラインを強調するように艶(なま)めかしく腕を組んで続ける。

「そうして舞踏会で堂々と王子さまに尋ねるの」

右手を頬(ほお)に添え、その小指を甘噛(あまが)みするように唇を動かし、

「――この世でいちばん美しいのは誰?」

とろんと蠱惑的(こわくてき)に目尻(めじり)を下げた。

しん、と教室が束の間の静寂に包まれる。

俺も知らずに目を奪われていた。

その立ち振る舞いは本当にこの世でいちばん美しいお姫さまのようで、蠱惑的な魔女のようで、ともすれば見る者を虜(とりこ)にする毒素をはらんだ一輪の華みたいだった。

ごくり、と誰かが小さく喉(のど)を鳴らす。

その音さえもが場の空気を乱してしまいそうで、慌ててみんなが息を呑(の)んだ。

古びた教室のくたびれた教壇が、まるでスポットライトに照らされた舞台みたいに遠い。

いつのまにかパネルを引き上げた鏡が、放課後の空をちかりと反射した。
七瀬(ななせ)がすうと一歩引いて身体(からだ)を斜めにすると、その美しい肢体が隈(くま)なく映し出される。
瞬間、鏡越しの流し目に囚(とら)われて息継ぎの仕方を忘れてしまいそうになった。
心が甘く痺(しび)れて、じんと痛い。

「うっわ」

そうしてどこか時間軸から切り取られ漂流しているような空気を入れ換えたのは、

「まさかと思ったけどドヤ顔で言ったしめんどくさっ！　引くほど重(おも)っ！」

なずなの明け透けな声だった。

「おい重いって言うな」

七瀬がすかさず切り返し、それで魔法が解けたようにぷはっとみんなが吹き出す。
鏡には、いつのまにかまたなずなのパネルがかけられていた。

「余裕ぶってるくせして付き合ったら絶対に束縛するタイプじゃんまじむり」

「役に立たない鏡を荒縄でふん縛るほうが先だが？」

「でもまあ」

あはっと、話を締めくくるように魔法の鏡が笑う。

「この物語がどういう結末を迎えるのか、ちゃんと見届けてあげるよ」

「その日までできさまがここに飾られてる保証はないからな？」

脚本のプロローグはここまでだ。

鏡の裏からひょこっとなずなが出てくる。

そのまま七瀬と軽いハイタッチを交わし、

「「ありがとうございましたー！」」

ふたりでこちらに向かって頭を下げる。

――ッッッぱちぱちぱちぱちぱちぱちぱち。

――ぱち、ぱち、ぱちぱちぱちぱち。

夕湖が真っ先に始めた拍手はあっという間に連なって教室を呑み込んだ。

誰も彼もが、まるで超大作のハリウッド映画を見終わったかのようにスタンディングオベーションをしている。

その表情にはどれも素直な驚きや興奮があふれていた。

「え、これもう五組の優勝確定では？」

「わかるけど文化祭に優勝とかないから」

「でもなんかいつも投票みたいなのやってたよな持ち票ぜんぶ突っ込むわ」

「てか白雪姫ってこんなに面白かったっけ」

「なずなちゃんの鏡クセが強すぎて推せる」

「てか私、七瀬(ななせ)さんの過剰摂取で死ぬかもしれない」

「しかも本番はドレス着るんだよ?!」

「これで柊(ひいらぎ)さんまで出てきたらどうなっちゃうの?」


同感、と俺は思わず肩をすくめた。

なずなたちが作ってくれた脚本の面白さはもちろんだけど、舞台上にいる七瀬の存在感がちょっと半端じゃない。

普段の立ち振る舞いを考えたら器用に演じられるだろうとは思ってた。

だけどいまのは俺の想像していた水準を遙(はる)かに上回っている。

ちゃんと演劇を鑑賞したことはないけれど、声の張りや抑揚のつけかた、ふとした視線や身振り手振りまでが観客の目を意識して計算されており、じつは本格的に学んでいたことがあると言われたって驚かない。

いつか俺は七瀬のことを女優タイプだなんて評していたことがあった。

やっぱり間違ってなかったな、とほんの半年ほど前を懐かしく思う。

あのころはまだ電話で呑気(のんき)な小芝居なんかしてたっけ。

ふとあたりを見渡すと、クラスはまだみんなが浮かれ気味だ。

「てかほんとに王子さまが千歳(ちとせ)でいいの!?」

「よくはないけどお前が代わりにやれるか?」

「いや無理むり無理むり、目が合った瞬間に固まる」

「てか千歳くん軽いからあの演技に食われちゃわない?」

「優柔不断だからそれでいいんじゃないの」

「黙ってれば顔だけは王子さまなのにね」


「ぜんぶ聞こえてんぞおい」


とりあえずつっこみながらも、確かにと苦笑する。

文化祭の出しものだから多少の拙(つたな)さも愛嬌だろうと思っていたけれど、七瀬(ななせ)があそこまで出し惜しみしないとなるとこっちも本腰入れて練習しなきゃ置いてけぼりになりそうだ。

まあ、物語の顔になるふたりの姫と比べたら出番は少ないんだから俺が足を引っ張るわけにはいかないよな、と思う。

今日のところはプロローグまでだったけれど、実際にはあのあと暗雲姫(あんうんひめ)に命じられたこびとたちが『ハイ・ホー』を唄(うた)いながら白雪姫を迎えに行くことになる。

城へ招いたあとの流れは先ほど七瀬の台詞にあったとおりだ。

なにげに王子さまの出番はかなり後半にならないと回ってこない。

なずなたちの脚本に少しでも協力できればと日本語訳された『白雪姫』もアニメ映画のほうも見てみたけれど、言葉を選ばずに表現すればぽっと出の添え物みたいな存在だ。

いちおう今回は脚本のアレンジで最後に多少なりとも重要な役割を任されてはいる。

とはいえ、あくまでこの物語の主役は白雪姫とお妃さま、俺たちの演劇でいえば暗雲姫なんだよな、となんだかほっとするやら寂しいやらで少し複雑な気分だ。

そんなことを考えていると、教壇の上でなずなや夕湖と話していた七瀬が思いだしたようにこちらを見て、たたっと駆け寄ってきた。

先ほどまでの妖艶な空気はかき消え、どこか清廉さすら感じさせる大人びた笑みを口許に浮かべている。

目の前に立つと、両手を身体の前で重ね、少しだけ首を傾ける。


「千歳、見てた?」

「見てたよ、七瀬」


俺が言うと、ふふっとやわらかく目尻を下げて続けた。

「ありがと、千歳(ちとせ)」

「なんだよ、七瀬(ななせ)」

「ちゃんと見ててくれて」

「目が離せなかっただけさ」

「ほんとに？」

「ほんと」


どうにも俺と七瀬らしくない会話のリズムに、少しだけくすぐったくなる。

いつもだったら放っておいても大仰で芝居めいたやりとりを交わすくせして、たったいま舞台を下りた直後だからか、どこか普段よりも肩の力を抜いているみたいだ。

ついさっきまではぞっとするような色気で観客の視線を一手に集めていた女の子を前にして、俺は俺で少しぎこちなくなっているのかもしれない。

七瀬が頰(ほお)に張りついていた髪の毛を耳にかけ直しながら自然な上目遣いで言う。

「どうだった？」

「すごかった」

「お姫さまだった？」

「七瀬らしいお姫さまだったよ」

「それだけ？」

「いろんな意味で面白かった」

「ち、と、せ？」

「ごめんなさい」

「それで？」

「かわいかったよ」

「それから？」

「とびきりきれいだった」


やっぱりらしくないな、といい加減いつもの軽口を叩こうとしたら、

「ん」


それを察したかのように、七瀬が人差し指を俺の唇に押し当ててきた。

ぷくりとやわらかな感触のあとに、ハンドクリームの控えめな香りが鼻孔をくすぐる。

焦ってとっさに口を開こうとしたら、いまはいらないとでも言わんばかりにぎゅむと指に込められた力が強くなった。

七瀬が少しだけ顔を近づけ、覗き込むように真っ直ぐ目を合わせてくる。

そうしてまるで揺れる水面のような瞳に俺を映しながら、

「そのまんまで私を見ていてね」

花束みたいにくしゃっと笑った。

*

ひととおりはしゃぎ終えると、案の定モチベーションが上がったらしい二年五組のみんなは本番に向けてそれぞれが自分の抱えている作業へと戻っていった。

大道具や小道具なんかもかなり制作が進んでいるようで、教室のあちこちに童話の世界がひょっこり顔を覗かせている。

空色の蔵Tがちょこまか動き回っている光景はなんだかコミカルで、非日常的で、近づいてくる学祭を嫌でも予感させた。

陽(はる)、和希(かずき)、海人(かいと)、健太(けんた)は脚本を担当してくれた文芸部の子となずなに指導を受けつつ、さっそく演技の練習に取りかかっている。

俺、夕湖(ゆうこ)、七瀬は、ひと足早く仕上がったという衣装合わせのために被服室へ向かっていた。

ちなみに、必要に応じてドレスの着替えを手伝ったり採寸のために身体(からだ)を触る必要が出てくるため、実際に衣装を作ってくれた子たちではなく、ときどきその作業を手伝っていたという優空(ゆあ)が代わりに同行してくれている。

夕湖や七瀬にとっては慣れた相手のほうが気楽かもしれない。

そうして久しぶりに足を踏み入れた被服室は、他の特別教室と同様にグループで作業ができる大きめのテーブルが規則正しく配置されていた。

片隅にはずいぶんと年季の入っていそうなトルソーが所在なさげに佇(たたず)んでいて、壁際にはこちらもまた使い込まれたミシンが何台も並んでいる。

特別教室の匂いだ、と思う。

音楽室も、美術室も、生物室も、調理室もこの被服室も……。

特別教室というのはどこも決まって、そこでしか嗅(か)ぐことのない独特な香りがある。

それはきっと長年にわたって染みついた絵の具だったり薬品だったり実習で作った料理の名残(なご)りだったりして、客観的にはけっしていい匂いじゃないと思うんだけど、俺はあんがい嫌いじゃなかった。

たとえば大人になってからふと高校生活を振り返ったとき、授業の内容なんかさっぱり抜け落ちていたとしても、特別教室の空気はすぐに懐かしく浮かんでくるような気がする。

そんなことを考えていると、なにやら粛々と準備を進めていた優空が言った。

「じゃあさっそくだけど、まずは朔くんの衣装から始めよっか」

「あいよ」

軽くそう答えると、大きめの紙袋を手渡してくる。

「多分ひとりで着られると思うんだけど……」

言われてみれば、どういう衣装になるのかはまったく聞かされていなかった。

王子さまだからわかりやすくマント羽織ったり王冠被ったりするイメージだったけど、と中身を確認してみる。

「……え、まじ？」

想像とは違う衣装に思わずそう漏らすと、優空が不思議そうに首を傾ける。

「ごめん、とくに相談しなかったけどもしかして嫌だった？」

「嫌ってことはないんだけど……」

「朔くんスタイルいいから似合うと思うよ？」

「そういうことでもなくてだな」

「大丈夫だいじょうぶ」

まあいいか、と俺は肩をすくめた。

「せっかくみんなが用意してくれたんだし、とりあえず着てみるよ」

「うん！」

ぱっと顔を輝かせた優空が、てきぱきと黒い布地を取り出して続ける。

「これでドアの窓に目張りするからちょっと待ってね」

「さすがに用意がいいんだな」

被服室は校舎の一階にあるからそれなりが人通りが多い。

当然のようにカーテンは閉めるとしても、ドアの窓を塞がないと俺はともかく夕湖と七瀬が着替えられないいんじゃないかと少し気になっていた。

四人で協力して準備を終えると、優空が口を開く。

「それじゃあ私たちはいったん外に出てるから着替え終わったら教えてくれる？」

「ちゃちゃっと済ませるからそこまでしなくていいよ」

「そう？」

「いまさらだろ、そっちが嫌じゃなければ」

言いながら俺はさっさとブレザーを脱ぎ、シャツのボタンを外し始めた。

タンクトップ一枚になり、ベルトに手をかけたところでふと振り返る。

優空(ゆあ)はどこか慣れた様子で、
夕湖(ゆうこ)は少しだけ恥ずかしそうに、
七瀬(ななせ)はじっくり観察するように、

三人が並んでまじまじとこちらを見ていた。

「あのごめん、やっぱいったん出ててくれます……？」


そうして着替えを終えると、俺は被服室のドアから顔を出しながら言った。

「終わったぞ」

優空、夕湖、七瀬が順に中へ入ってきて、それぞれにはっと固まる。

しばらくして、優空がやさしく目尻(めじり)を下げた。

「思ってたとおり、すごくよく似合ってるよ」

夕湖がふわっと笑ってそれに続く。

「朔(さく)、本当に王子さまみたい」

七瀬も含みのない様子で首を傾けた。

「うん、素敵だよ千歳」

その真っ直ぐな褒め言葉が照れくさくて、俺はがしがしと頭をかく。

「なんか、ホストみたいじゃないか？」

王子さまの衣装として用意されていたのは、端的に言えば白のタキシードだった。

普段はカジュアルで楽な格好ばかりだから、どうにもこういうかっちりとした服には違和感がある。

ブレザーと大差ないと言われたらそれまでだけど、全身真っ白っていうのもむずがゆい。

優空がくすくすと肩を揺らして口を開く。

「衣装の子たちがね、この三人で演じるなら王子さまとお姫さまはあんまりコスプレっぽくしないほうが絶対にいいって」

「そういうもんかね」

「サイズは大丈夫？」

その言葉に、俺は軽く腕や脚を動かしてみる。

「うん、問題なさそうだ」

優空が満足げにこくりとうなずいた。

「じゃあ、今度は朔くんがしばらく外で待っててくれる？」

「了解、まだ脱がないほうがいい？」

「うん、並んだときのバランスが見たいから。夕湖ちゃんたちの衣装は着替えるのにちょっとだけ時間がかかるかもしれないけど……」

「わかった、そこらへんで適当に時間潰してるよ」

＊

俺は近くの自販機でミネラルウォーターを買って中庭へと出た。

本当はコーヒーの気分だったけど、うっかり衣装にこぼしたらしゃれにならない。

そうして手近なベンチに座って喉を潤すと、ようやく人心地つく。

校舎と渡り廊下に囲まれた四角い空のプールは、いわし雲が泳ぐ気持ちのいい秋晴れだ。

シャツの首元を軽く引っ張ると、涼しい風が入り込んでくる。

この格好で外に出たら目立つかと思ったけれど、あちこちで色とりどりの賑やかなクラTが駆け回っていたり、浴衣姿の茶道部や箏曲部が行き交っていたり、ジャグリング部がステージ衣装のカラフルなスーツを着て練習していたりと、学校全体が非日常の賑わいに満ちている。

それにしても、と俺は脚を伸ばした。

幾久公園で夕湖としていた話じゃないけれど、祭りの気配が近づいてくるとやっぱり昂揚とともに一抹の寂しさが押し寄せてくる。

もうそんなに遠くないうちに、ここもいつもの閑散とした中庭に戻ってしまうんだろう。

ふと足下を見て、思わずくすっと吹き出す。

上履きにタキシードだなんて、後にも先にも文化祭の衣装を試着するときぐらいだろうな、と可笑しくなった。

二度とは味わえない瞬間というのが、俺たちにはきっとある。

応援団のダンスを練習するのも、演劇の脚本を暗記するのも、王子さまを演じるのも、もしかしたら――――。


ドレスの試着をする同級生の女の子を、こんなふうにそわそわと待つ時間だって。

そんなことを考えていると、

「先輩っ!?」

もうすっかりと聞き慣れた声が耳に飛び込んできた。

「紅葉か」

言いながらそちらを見ると、予想どおりの相手がたかたかと駆け寄ってくる。

「ちょっとどうしたんですか、とうとう学校辞めてホストにでもなるんですか?!」

「ようやく求めていたつっこみありがとよ」

ぽんとベンチの隣を叩くと、ちょうどいい距離を空けて紅葉が座る。

「冗談です、もしかしてそれが文化祭の衣装ですか？」

「なんだ、知ってたのか」

「はい！　夕湖さんが『白雪姫』をやるって」

俺はこくりとうなずいて口を開く。

「いまは夕湖と七瀬の試着を待ってるところだ」

それにしても、と紅葉がまじまじこちらを見た。

「ずいぶんと軽薄そうな王子さまですね」

「ほっとけ」

「原作をアレンジしてるんですよね。なんていうタイトルですか？」

「白雪姫と暗雲姫と優柔不断な王子さま」

俺が言い終えるか終えないかのうちに隣でぷっと吹き出す。

くつくつ、くつくつと、苦しそうにお腹を抱えながら紅葉が言う。

「それって暗雲姫が悠月さんで優柔不断な王子さまが先輩なんですよね？」

「ちなみに性格も俺たちに寄せてるぞ」

「えー、私も見てみたかったなー」

意外な反応に、思わずその横顔を盗み見る。

紅葉はベンチに手を突きながら呑気に楽しそうな顔で、だけど心なしか不安と寂しさが滲んだような目で遠くの空を仰いでいた。

応援団に入れてあれだけはしゃいでいたぐらいだ。

俺たちみんなが登場する演劇なんて、わざわざ誘うまでもなく最前列を陣取るものかと思っていたけど。

「なんだよ、見に来ないのか？」

そう尋ねると、紅葉は視線を地面へと落とした。

表情は髪に隠れて見えない。

「もちろん、行けたら行きたいんですよ？」

「絶対に来ないやつの台詞じゃねえか」

その声色がやっぱり不安そうで、寂しそうで、いつもより弱々しい気がしたから、俺はなるべく軽い調子で返す。

「自分のクラスの出しものが被ってるとか？」

紅葉がようやくぱっと顔を上げてこちらを見た。

「いえ、それは先輩たちの前です！」

束の間の揺らぎはかき消え、どこまでも後輩めいたいつもの調子に戻っている。

気のせいだったのかもしれないし、もしかすると目の前にいる女の子もまた、祭りが近づいてくる感傷みたいなものを抱いているのかもしれない。

　俺は肩の力を抜いて口を開く。

「ということはステージパフォーマンスか？」

「パフォーマンスというよりも、参加型のステージ企画みたいなやつですかね？」

「へえ、なにをやるんだ？」

「なんか昔のテレビで人気だった企画みたいなんですけど、詳しくは当日になってからのお楽しみです。先輩たちは絶対に来てくださいね！」

「こっちにはちゃっかり要求するのかよ」

「先輩がステージに上がってくれたら絶対に盛り上がりますもん！」

「そのあとまたステージに上がるんだけどな」

「ついでに演劇の宣伝すればいいじゃないですか。きっと見てる人たちがそのまま体育館に残ってくれますって」

　まあ、どのみち断る理由もないか。

　言われなくても紅葉（くれは）や明日姉（あすねえ）、応援団でいっしょになったクラスの出しものにはできるだけ顔を出そうと思っていた。

　俺は小さく肩をすくめて息を吐く。

「わかった、みんなにも伝えておくよ」

「はい！　できればみなさんお揃いで来てほしいです！」

「はいはい了解」

　軽くそう答えると、不意に紅葉が真剣な眼差しをこちらに向けた。

「先輩、約束ですよ？」

「大げさだな」

「約束してほしいんです」

「わかったよ、約束する。必ず見に行くよ」

「はい！　よろしくお願いします！」

　それから、と俺は言った。

　被服室を出るとき小銭といっしょにポケットへ突っ込んでいた紙を差し出すと、紅葉がきょとんと首を傾げてそれを受けとる。

「先輩、いつから私のこと好きだったんですか？」

「どう見てもラブレターじゃないだろ」

　ふふっと無邪気な笑みを浮かべながら四つ折りにしていた紙を開く。

「え、これって……」

　紅葉が驚いたように目を丸くした。

そこに書かれているのは俺の肩幅とか、背丈とかウエストとか、ようするに服を作るために必要な情報だ。

紅葉（くれは）がひととおり確認したようなので、補足するように言う。

「演劇の衣装作るときに優空（ゆあ）が測ってくれたんだよ」

演劇だけでなく、応援団の衣装も各々が自作することになる。

本当は優空に頼むつもりだったけれど、先月の合宿で紅葉が俺の分を引き受けてくれた。

だから近々同じ情報が必要になるだろうと思って、ちょうどさっきメモしてもらったところだったのだ。

まあ、このタイミングで会うとは思っていなかったから、ぽっけに手を突っ込んで適当に小銭を摑（つか）んだらいっしょについてきただけなんだけど。

しばらく待っても反応がなかったので隣を見ると、

「また出遅れちゃいましたね」

両手でそっとメモ用紙を握りしめながら、ひとり言みたいなつぶやきがこぼれた。

「紅葉……？」

「いえ」

なにごともなかったかのように、紅葉はメモ用紙を丁寧に畳んでぽっけにしまった。

そうしていたずらっぽい笑みであっけらかんと言う。

「先輩の家にお邪魔して私が隅々まで測ってあげるつもりだったんですけどね」

「それは勘弁してくれ」

俺がわざとらしくため息を吐くと、紅葉もくすくすと肩を揺らした。

「冗談ですよ、頑張って先輩の衣装作りますね！」

「悪いな、手間かけるけどよろしく頼むよ」

ちょうどそのタイミングで、被服室のほうから優空が顔を覗かせた。

「朔くーん、と、紅葉ちゃん……？」

どうやら夕湖と七瀬の着替えが終わったらしい。

俺はベンチから立ち上がって言う。

「せっかくならいっしょに見ていくか？」

紅葉はわずかに逡巡したあと、ゆっくりと首を横に振る。

「いえ、私は本番の楽しみに取っておこうと思います」

「そっか」

先ほどまでの会話とはうまく整合性がとれない台詞のつじつまを、この場で無理に合わせようとは思わなかった。

そこまで踏み込む理由も言い訳も、いまの俺には必要ない。

優空（ゆあ）に向かって無邪気な顔でぶんぶんと手を振っている紅葉（くれは）に言う。

「来られるなら来いよ、後輩」

「行けたら行きますね、先輩」


だからふたりで顔を見合わせ、ちょうどいい距離でふっと笑った。

＊

紅葉と別れて被服室の前に立つと。隣に並んだ優空がくすっと言った。

「朔（さく）くん、きっと驚くと思うよ。ふたりともすっごくきれい」

「だろうな、心の準備はしてる」

「夕湖（ゆうこ）ちゃんの提案で、ひとりずつ順番に見てもらうことにしたから」

「というと？」

「まずは夕湖ちゃんのドレスから」

「いいけど、七瀬（ななせ）はまだ着替えてないのか？」

「ううん、悠月ちゃんはカーテンの影で待機してもらってるからあんまり探さないようにね」
「そういうことか、了解」
「じゃあ、開けるよ？」
俺はこくりとうなずく。
優空が身を引きながら視界を遮らないように両手でそっとドアを開けると、

「――ッッッッッ」

真っ白なドレスを着た夕湖が、淡くはにかむように佇んでいた。

「どうかな、朔」

なにか気の利いた答えを返す余裕もなく、

「初雪みたいだ」

ただ素直にそうつぶやいていた。

レースを基調としている上半身は、白いリボンのあしらわれたハイネックに透け感のあるふわっとした長袖とドレスにしては露出が控えめなデザインだが、だからこそ白雪姫の、いや、いまの夕湖のどこか神秘的で奥ゆかしい雰囲気によく似合っていた。

波紋のように広がるスカートは、まるでしんしんと凪に吹かれる湖畔の粉雪だ。

きっとこの日のために用意しておいたんだろう。

雪の結晶をモチーフにしたピアスが耳元で儚げに揺れている。

ふふ、と優空が小さく笑った。

「朔くん、隣に立ってみてくれる？」

その言葉にはっとして、俺は小さく首を横に振る。

間違ってもスカートを踏みつけて足跡をつけたりしないよう、慎重に夕湖の隣へ並んだ。

からからと、優空がキャスターつきの姿見を俺たちの前に運んできた。

そうして鏡に映し出された俺たちは、まるで………。

ほんのり頬を染めた夕湖が、含みのない様子で口を開く。

「なんか、結婚式みたいだね」

「――ッ」

外で待っていたときから本当はずっと見ないふりしていた状況をあっさり言葉にされて、思わず動揺を漏らしてしまう。

夕湖に他意がないことはわかっている。

誰だってこの状況に置かれたら頭をよぎる考えだ。

だからこんなのは軽口で受け流してしまえばいいのに、これまでならそれができていたはずなのに、なぜだろう。

いまだけはどうしても上手に笑えなかった。

案の定、夕湖が不安そうな顔をこちらに向ける。

「えっと、ごめんね朔？　変な意味じゃないよ？」

わかってる、と俺は自分に言い聞かせるように言う。

無理してふっと口の左端を上げ、

「とてもよくお似合いですよ、ご新婦さま」

ごめんねの代わりに冴えないジョークを差し出した。
きっとこんなのはすぐに見透かされてしまうけれど、

「もう、お店の人目線じゃなくてちゃんと新郎としての感想聞かせてほしい」

夕湖は鏡越しにふふっと笑って上手に受けとってくれる。
それでようやく感傷に蓋をして、俺は素直に言った。

「本当によく似合ってるよ、夕湖」
「うん、朔も」
「お姫さまみたいだ」
「王子さまみたい」
「夕湖は本番も時間がかかりそうだ」
「きっと付き合ってくれるよ」
「うん、ここまでにしておこっか」

「うん、今日はここまで」

もう、とそのやりとりを見守っていた優空(ゆあ)が呆(あき)れたようにやさしく眉(まゆ)をひそめる。

「夕湖ちゃんも、朔くんも、悠月(ゆづき)ちゃんを待たせてるんだから」

その言葉に、ふたりで顔を見合わせてへへと頬(ほお)をかいた。

「ねえ朔、悠月もすっごくきれいだよ」

「うん、知ってるよ」

その言葉に夕湖がやわらかく微笑(ほほえ)み、窓のほうに向かって声をかける。

「悠月、お待たせ」

――しゃらっ。

その言葉を合図にカーテンが開き、風に吹かれてぶありと広がる。

逆光に照らされ、濡羽色のシルエットが浮かび上がった。

かつん、かつん、と床を踏み鳴らしながら夜が近づいてくるように。

ゆらり、ゆらり、と影を従えながら夜が揺らめいているように。

そうして悠月は俺の前に立つとくるりと優雅に一周して、

「どうかな、千歳」

心なしかいつもより紅い唇をちゅぷと艶めかしく動かした。

「――ツツツツツツ」

夕湖でしこたま動揺したおかげで心を鎮められていたはずだったのに、あっけなく二の矢に撃ち抜かれてしまう。

俺はなけなしの情緒をかき集めながら、

「夜そのものみたいだ」

気づけばまた素直にそうつぶやいていた。

全身が深い黒の生地で作られている悠月のドレスは、夕湖のそれとは対照的に肩まわりの肌が惜しげもなくさらされていた。

ドレスの場合でもオフショルダーという表現を使っていいのかはわからないけれど、背中は半分ぐらいむき出しになっていたし、胸元も深い谷間を覗かせている。

ほとんど装飾らしい装飾がないデザインは、かえって七瀬の美しい身体そのものが一番の美術品だと主張しているようだった。

「ねえ、ちゃんと見て？」

その言葉に知らず逸らしていた視線を戻すと、露わになった七瀬の女がむらむらと立ちこめているようで、息が詰まりそうになる。

優空が先ほどと同じように言った。

「朔くん、隣に立ってくれる?」

七瀬のスカートは夕湖のそれよりも少し短く、地面にぎりぎり触れない程度の位置でどこか艶っぽく揺れている。

裾を踏んでしまう心配がない分、自ずとふたりの距離が近づく。

そうしてふたたび並んで姿見の前に立つと、

「ほんとだ、結婚式みたい」

七瀬が手ぐしでさりげなく俺の髪を整え、自然と肘に手を絡めてきた。

とっさにびくっと身体をこわばらせながら口を開く。

「おい、七瀬」

「エスコートは新郎の嗜みでしょ?」

その言葉に観念して、軽く拳を握って肘を曲げる。

七瀬が鏡越しにふふとやわらかく目尻を下げた。

先ほどまでの妖艶さは鳴りを潜め、らしくない初心さでほんのり頬を染める。

「うれしいな」

七瀬はそうつぶやくと、手に込める力を少しだけ強めて言った。

「お似合いかな」

「お似合いだよ」

「少なくとも」

「見てくれだけなら」

「ちゃんとした感想は？」

「もう伝わってるだろ」

「うん」

「似たもの同士だから」

「鏡映しだから」

ああそうか、と不意に俺は実感する。


白と黒。

月と湖。


この穏やかな心地は、そんなに言葉のいらない関係性は、あの八月をいっしょに超えた夕湖とのあいだに流れる時間と同じだ。

どこまでも遠いように見えて、すぐ近くで寄り添っている。


白の裏側が黒みたいに。

月も湖も誰かを映し出すみたいに。


本当は七瀬ともこんなふうに会話することができるんだな。

だけど、と同時に思う。

七瀬が変わったのか、俺が変わったのか、七瀬が変わろうとしているのか、俺が変わろうとしているのか、七瀬が変わってしまったのか、俺が変わってしまったのか、あるいは。

——俺だけがまだ変われずにいるのか。

色めき移ろいゆく秋の片隅でひとりぼっち、取り残された停滞のなかにうずくまっているような気がした。

*

衣装合わせを終えた俺たちは、クラスに戻って演劇の練習に合流した。

七瀬(ななせ)となずなの実演に触発されたのか、応援団の練習でとっくに学校祭へ向けた回路ができあがっているのか、みんな真剣になって集中している。

教壇の上では俺たちが練習し、他のクラスメイトたちはときどきそれを眺めながら各々の作業を進めていて、やっぱりこういう雰囲気は悪くないよなと思う。

そうして最終下校時間ぎりぎりまで粘ったところで練習や作業を切り上げた。

作りかけの大道具や小道具を片づけ、下げていた机を定位置に戻し、黒板の隅っこに書かれた日付を明日へと書き換える。

べつにクラス委員長だからってわけじゃないけれど、なんとなく名残(なご)り惜しくて、俺は最後のひとりになるまでそれを見守っていた。

スピーカーからは、下校をうながすアナウンスがゆるやかに流れ続けている。

窓の外には誰かが慌てて暗幕を引いたような静寂が満ちていた。

見慣れたグラウンドの代わりにうりふたつな教室が隣り合わせみたいに映り込み、ぼんやりと立ち尽くす俺が向こうからこちらを見ている。

ぱちんと照明を落としたら、夜の輪郭が際立った。

この時間帯の学校は曖昧だ、と廊下を歩き始めながら思う。

普段は昼の世界を象徴するような場所なのに、灯りを落としたところからうとうと眠りについて、境目があやふやになっていく。

鍵のかかった特別教室、誰もいなくなった渡り廊下、音のない体育館。

夜の学校に怪談話はつきものだけど、気を抜くと見慣れた日常から一歩踏み外して迷子になってしまいそうな感覚は確かにわかる。

そんなことを考えながら昇降口をあとにすると、

「やあ」

「やあ」


校門に背を預けていた七瀬が軽く手を上げた。

「今晩は、帰りませんか」
「今晩は、帰りましょうか」

とくに待ち合わせをしていたわけじゃない。
約束もなければ、心当たりもなかった。
まとめて夜のせいにしてまえばいいか、と思う。

昼と夜。
ハレとケ。
舞台と客席。
偽物と本物。
ときどきは曖昧(あいまい)なままで蓋(ふた)をして眠る日があったっていい。

*

しばらく無言のままで歩き、足羽川の河川敷に差しかかったところで不意に七瀬が言った。


「ねえ、千歳？」

「なんだよ七瀬」

「今日の私、どうだった？」

「どの私のことだ？」

「たとえば花嫁の私」

「たとえば魔女の七瀬」

「黒い私はきらい？」

「選択肢のない質問はきらい」


そう答えると、すいっと俺の前に手が差し出される。


「言っただろ、くせになる」

「言わせないで、くせになってほしいの」


ふっと、どちらからともなく曖昧な笑みがこぼれる。

「あなたは夜だから」
「あなたの夜だから」

俺はそっと七瀬(ななせ)の手を差し戻しながら言った。

「ここまでにしとこうぜ」
「うん、今晩はここまで」

そうして口にした台詞(せりふ)の意味さえも曖昧(あいまい)なまま、俺たちはあてどなく夜を彷徨(さまよ)う。
感傷を小さく丸めて星屑(ほしくず)の隙間(すきま)へ隠すように、ゆっくりと瞬(まばた)きを繰り返しながら。
名前のついていない星座を探そうとしているように、ときどき空を眺めながら。

「朔(さく)」
「悠月(ゆづき)」

かつては唇に馴染(なじ)んでいたかりそめの嘘(うそ)。

「千歳」

「七瀬」

いつかは触れられなくなるかもしれない過去形のかたとき。

まるで映し鏡のような女の子の隣で、似たもの同士が寄り添って、

——その先に、俺たちはどんな結末を紡げるんだろう。

＊

翌週のとある放課後、俺は久しぶりに屋上の鍵を開けた。

部活を辞めたあとは常連だったのに、最近は応援団やらクラスの演劇やらで忙しくしていたせいでずいぶんご無沙汰になっていたな、と思う。

今日は久しぶりにどっちの活動もなかったから、秋らしく山本文緒の『ブルーもしくはブルー』でも読むか寝転がって音楽でも聴こうかと思っていた。

それに、と俺は知らず口の左端を上げる。

いいかげん、心と向き合っていくための時間が必要だ。

そんなことを考えながらドアを開けると、やけに懐かしく感じてしまう匂いが鼻についた。

屋上に出て顔を上げると、貯水槽のあたりからすじ雲みたいな煙がぷかぷか気持ちよさそうに漂っている。

言われてみれば、と思わず苦笑した。

ラッキーストライクの香りを嗅ぐのも、夏勉のとき以来だっけ。

匂いは記憶と直結してるだなんて言うけれど、十年後に居酒屋でふと蔵センのこととか思いだしたらちょっと嫌だな。

あるいは、その頃になったらもう素直に懐かしんでしまうんだろうか。

想像してみると、それはそれで感傷的な一幕かもしれない。

なんてことをとりとめもなく考えながらいつものようにはしごを登ると、

「よう、そこいらの男子高校生」

だるんと脚を伸ばした蔵センが煙草を指に挟んだままで軽く手を上げた。

「なんだよそれ」

ぷっと笑って、俺は隣に腰かける。

「てかどんだけ気に入ってるの蔵T」

その言葉に、蔵センはふふんと着ている蔵Tの胸元をつまんだ。

「お前もなかなか粋ってもんがわかってきたじゃないか」

「素直に喜べないのはなぜだ」

俺が言うと、目を細めてどこか遠い日へ想いを馳せるように煙を吐く。

「青春臭くて好きなんだよ、クラT」

「へえ?」

意外な台詞に、思わず皮肉もユーモアも入れ忘れて素直な反応を返す。

蔵センはどこか自嘲気味にへっと口の端を上げた。

「一年に一回こいつを着られることが、教師も悪くないと思える数少ない瞬間のひとつだよ」

「青春時代を思いだす、みたいな?」

「三十過ぎたら嫌でもわかるさ」

「そういうもんか」

それで、と俺は短く息を吐いた。

「さっきのなに?」

その問いかけに、蔵センがにやっと愉快そうな顔で答える。

「なんの話だ?」

やっぱり確信犯かよ、と俺は肩をすくめた。

「そこいらの男子高校生、ってやつ」

蔵センは無自覚にこういう言葉を遣わない。

口にした以上は、なんらかの含みがあるに決まってる。

表情から察するに、案の定だったってわけだ。

ぽっ、ぽっ、と蔵センがドーナツ状の輪っかを吐いた。

「最近はずいぶんと殊勝みたいじゃないか」

「学祭が近いからね、お行儀よく青春してるんだ」

俺が言うと、どこか皮肉めいた声で淡々と続ける。

「ひと皮剝けたから、じゃなくてか？」

「蔵センが言うと下ネタにしか聞こえないんだよな」

こちらの軽口には応じるつもりがないらしい。

上滑りしたような間が空き、ぷかっとひときわ大きなドーナツが浮かんだ。

真ん中に空いた穴を指でつつくように言葉が続く。

「――あるいはひと夏を超えたから、か」

「っ、どういう」

そうか、と蔵センはどこか困ったように目尻を下げた。

「みんなのヒーローではいられなくなったのか」

「――ッッッ」

まるですべてを見透かしているようなひと言に、胃がきゅうっと縮こまる。

当たり前のことだけど、あの夏のあらましをいちいち担任の教師に報告したりはしていない。だから俺たちの内情なんてなにひとつ知らないはずなのに、その言葉は心のわだかまりにあっけないほどすとんと刺さった。

なにか弁解したり軽口で受け流したりする暇もなく、蔵センが口を開く。

「お前たちを見ていればわかるさ」

短くなったラッキーストライクをぐりぐりと携帯灰皿に押しつけながら続ける。

「十七歳の夏っていうのは、そういうもんだ」

ふと、素直な疑問が口を衝いた。

「蔵センにも、そういう十七歳の夏はあった？」

「さあ、どうだったかな」

ほとんど肯定と同じ反応に、なぜだか少しだけくすぐったくなる。

最初からいっぱしの大人として、学校の教師として出会った蔵センにも、確かに十七歳だった時代があった。

そのころに見た夏空は、俺たちと同じように青かったんだろうか。

そのころに見た秋空は、俺たちと同じように移ろいでいたんだろうか。

「……たぶん、怖いんだ」

大人と子どもの不意な感傷にあてられたのか、気づけばそう口にしていた。

「俺を置き去りにして、みんなどんどん変わっていってしまうことが」

夕湖が、優空が、七瀬が、陽が、明日姉が――――。

かつては確かに並んで隣を歩いていたはずの女の子たちが、いつのまにか俺を通り過ぎてどんどん大人びていく。

振り返って手を差し伸べられても、この心は空回りしたままで。

漕いでも漕いでも、焦りが募るばかりでいっこうに噛み合ってはくれない。

「やれやれ」

蔵センが呆れたように二本目の煙草へ火を点けた。

「ちったあ男になったのかと思えば、性根はまだ皮を被ったチェリーのままか」

「っ、あのな」

旨そうに二口目を吸って、すぱあと吐き出す。

「――誰よりも変わっちまったのはてめえ自身だろう」

なあ、と蔵センがどこか挑発するようにこちらを見た。

「みんなのスーパーヒーローではいられなくなった、そこいらの男子高校生の千歳くん？」

ああ、そうか。

蔵センの言葉でようやく胸の奥につっかえていた違和感の正体に指がかかる。

――千歳朔ではなく千歳朔として。

みんなが変わってしまったんじゃない。

いや、もちろんみんなも変わっていってるのは間違いないけれど、そもそもの前提として。最初に自分を曲げてしまったのは俺のほうだったのか。

ともすれば、と思う。

俺は足踏みしているんじゃなくて、みんなが前に進んでいく道をひとりでまぬけに後退しているのかもしれない。

「なにも否定しているわけじゃない」

まるで先回りするように蔵センがつぶやく。

「それを成長と呼ぶこともあるさ」

成長、と不似合いな言葉を舌の上で転がしてみる。

そのまま何度か嚙(か)みしめてみても、味のしなくなったガムみたいに素っ気ない。

まるでいまの俺にはわからないと言われているようで、ぺっと吐き出してしまいそうになる。

不意に、いつかここで蔵センと交わした懐かしいやりとりがよみがえってきた。

正しいと信じられるかどうか、か。

もしかしたら俺は、とまるでひとり言のようにぽつり漏らす。

「あの夏にコンパスを落っことしてきたのかもしれないな」

ふっと、と蔵センが口の端を上げた。

「女か」
「いまどきそんな言い方したら世間から怒られるよ」
「時と場合は選ぶさ、女性や女の子じゃ締まらないだろう」
「言わんとしてることはわかるけど」
「男が女と呼ぶことでしか生まれない感傷ってものがあるのさ」

俺はわざとらしくため息を吐いて言う。

「いまは乗っかるけど、蔵センはその女ってやつで迷ったことはないの?」

蔵センはどこか懐かしそうな顔で目を細めた。

「――女を選ぶってことは、てめえの生き様を選ぶことに似ているのかもな」

生き様、とその言葉がやけに引っかかりながらもひとまずは自嘲する。

「自分だけが選ぶ側だと勘違いしてないか、って叱られたばっかりなんだけどな」

「言葉の綾だ、女だって男を選ぶ」

担任の教師にこんな話をしたって仕方ないことはわかっている。
俺の問題はどこまでも俺の問題でしかないし、正解を教えてほしいわけじゃない。
だけど目の前にいる、かつては十七歳だったひとりの男に聞いてみたかった。

「じゃあ、どうやって心を決めればいいと思う？」

さあな、と蔵センはわずかに目を伏せてから、思い出みたいにつぶやく。

「かき集めるしかないんだろうな」

短くそう言って、じりじりと短くなっていく煙草を線香花火のように見送りながら続ける。

「かけた言葉を、かけられた言葉を。
向けた笑顔を、向けられた笑顔を。
流した涙を、流してくれた涙を。
似ていたことを、似ていなかったことを。
見ていたことを、見ていてくれたことを。
気づいたことを、気づいてくれたことを。
そばにいてあげたことを、そばにいてくれたことを。
叱ったことを、叱ってくれたことを。
許してくれたことを、許してくれなかったことを。
許してあげたことを、許せなかったことを」

珍しく饒舌な言葉の羅列は、どこか自分自身に言い聞かせているようにも聞こえた。

「そういう思い出をかき集めて、一枚ずつ並べながら考えるのさ」

煙草を携帯灰皿に押しつけながら、ぼんやりと空を見る。

「誰といるときに、どういう自分でいられるのか」

いや、と蔵（くら）センは話を締めくくるように言った。

「——誰の隣に立って、どういう自分で在り続けたいのか」

はっと、俺は思わず目を見開く。

誰かを選ぶことは、自分の生き様を選ぶこと。

誰といて、どんな自分で在り続けたいのか。

――からん、と。

心の奥のほうで、懐かしい音がする。

なにか、大切なことを思い出せそうな気がした。

あるいは、大切なことを忘れているような気がした。

たとえばそれは、あの日見た月のように。

たとえばそれは、ラムネの瓶に沈んだビー玉みたいに。

蔵セン、となにを話すかも定めぬままに、だけどなにかを手繰りよせようとするように口を開いたところで、

――きい、と寂れた音を立てて屋上のドアが開いた。

「千歳……？」

続いて、俺を探している七瀬(ななせ)の声が響いてくる。

煙草(たばこ)と携帯灰皿をぽっけに突っ込んで、よっこらせと蔵センが立ち上がった。

「野郎同士のむさ苦しい課外授業はここまでだ」

そのままちらりと七瀬のほうを見て、ふっと口の端を上げる。

「女に殉じた喪失は女に埋めてもらうのが、いい男の作法ってもんだろう」

＊

鏡よ鏡。

――たとえば私が、明日の風だったなら。

＊

塔屋から下り、蔵センが屋上から出ていくのを見送って俺は口を開いた。

「なんか用だったか？」

ううん、と七瀬が散る前の桜みたいに淡く微笑んで首を横に振る。

「なんとなく、今日はここに来たら会える気がしてたから」


そっか、と俺はどこか耳に馴染んだ台詞に軽くうなずく。

「部活は？」

「今日は美咲ちゃんが担任してるクラスのほうを見なきゃいけないらしいから、軽く流して早めに切り上げたの」

「大会、近いんだろ？」

「うん」

「調子は？」

「いまの私、多分ちょっとすごいよ」

「七瀬が言うならほんとうにそうなんだろうな」

五月の体育館が懐かしく頭に浮かんでくる。

あの日、あいつが七瀬のバッシュを隠した練習試合。

美咲先生が言ってたっけ。


『だけどな、ときどき——たがが外れる』


実際そのあとのプレーは、門外漢の俺から見ても寒気がするほどに研ぎ澄まされていた。

初めて東堂舞を見たとき、持っている選手だと感じたことを思いだす。

軽いランニングやストレッチ、ドリブルですらないちょっとしたボールの扱い方からして、上手いやつに特有の雰囲気がある、と。

正直に言って、俺は一年のころから七瀬に対してもまったく同じ印象を抱いていた。

だからあの連続スリーを見たときは妙に納得したことを覚えている。

七瀬悠月ならそのぐらいできて当然だよなと、素直にそう感じた。

てっきりあれは偶発的なゾーンみたいなものかと思っていたけれど、もしも常態的にたがを外せるようになったなら、東堂に匹敵するぐらいの選手になってもおかしくない。

そんなことを考えながら、俺たちは屋上の柵に近寄って手をかける。

グラウンドと校舎のあいだを横断する通路や駐車場では、学校祭の期間中に校門を彩るアーチや体育祭に向けた造り物の準備が着々と進行していた。

気づけば蔵（くら）センとけっこうな時間話し込んでいたんだろう。

目の前に広がる空はすっかり夕暮れの気配が満ちていた。

遠くに見える山並みはやさしい牡丹（ぼたん）色にかすみ、そこから夜の始まりみたいな菫（すみれ）色へかけて美しいグラデーションを描いている。

まるで空気そのものが淡く撫子（なでしこ）色に染まって町を包み込んでいるようだ。

もしかしたら似たようなことを考えていたのかもしれない。

肩を並べていた七瀬（ななせ）がぽつりとつぶやいた。

「秋の夕暮れって好きだな、四季のなかでも一番きれい」

「わかるよ、空気が澄んでるからなのかな」

「もしかしたら、心が澄んでるのかも」

「それは違うんじゃないか」

「どうして？」

「いまの俺にもきれいに映るから」

「らしくないこと言うんだね」

「らしくない話をしていた余韻かな」

俺は自嘲気味に小さく肩をすくめる。

もしかしたら、このほんのり紅潮した色の空気にあてられているのかもしれない。

蔵センが去り際に残していったひと言もまだ頭の端に引っかかっていた。

軽口のひとつでも叩いて空気を変えようとしたところでふと、柵の上で頬杖を突きながら七瀬がこちらを見ていることに気づいた。

目が合うと、どこか大人びた表情で目を細め、まるで次の瞬間には落ち葉をさらっていく秋風のような声で言った。

「あなたの心は澄んでいるよ」

「え……」

「誰よりも澄んでいるからこそ、ほんのわずかな澱が沈んでいても目立ってしまうの」

「七、瀬……？」

まるで鏡のような瞳に、夕焼けの撫子色を映しながら続ける。

「もしかしたら人はそれを見て無責任に揶揄するかもしれない」

その言葉選びに、口調に、思わず誰かの面影を重ねそうになってしまう。

「あなたの澄んだ心に澱があるって、自分の澱んだ心を棚に上げて」

ともすれば、と七瀬はどこかやさしく微笑んだ。

「誰よりもその澱を気にしてしまうのはあなた自身なのかもしれないね」

「そんなに大層な心じゃないよ」

「だけど私は知ってるの」

言いながら、七瀬がそっと近寄ってきて俺の胸に手を当てる。

「そ、そこに沈んでいるのが、本当はラムネのビー玉だってこと」

「――っ」

まるで心に直接触れられているみたいで、ばくんと鼓動が高鳴る。

七瀬はそのままくるりと振り返って手すりに背中を預けた。

「ねえ見て？」

言いながら、刻々と移ろいでいく空を仰ぐ。

俺もそれに倣うと、ぽす、といたずらっぽく肩を合わせてきた。

「私たち、空と繋がってるみたいだ」

瞬間、ふありと包み込まれたような気がした。
視界を染めるグラデーションが半透明の紗幕となってあたりを覆い隠す。
初恋のように色めく風が七瀬の髪をなびかせて、俺の喉を焦れったくすぐった。
品のいいシャンプーの香りが、真夜中のラジオみたいにじんわり染みる。
そうしてふたりぼっちで漂う空の底、そっと澱をすくい上げるように七瀬が言った。

「なんの話をしてたの、って聞いても?」

俺はうっかり同級生にもたれかかってしまわないように口を開く。

「七瀬に聞かせる話じゃないよ」

「ナナ」

「え……？」

「いまは七瀬(ななせ)でも悠月(ゆづき)でも七瀬悠月でもないただのナナ。

それなら、どう？」

もしかしたら、と思う。

これは七瀬が用意してくれた言い訳みたいなものなのかもしれない。

舞台の上でかたときの王子さまとお姫さまになるように。

七瀬にも悠月にも七瀬悠月にも聞かせられない話を、ただのナナに。

「……ナナ」

まるで河川敷であの人を呼ぶように、気づけばぽつりと口にしていた。

＊

そうして俺は自分事をはさみで丁寧に切り抜き、蔵(くら)センが語ってくれた話をあくまで他人事みたいな温度で七瀬に伝えた。

どれだけまどろっこしい段取りをしたところで結局は茶番だとしても、たとえ相手が夕暮れの見せたナナだったとしても、自分のなかで線引きぐらいはしておきたい。

すべてを語り終えたところで、七瀬がひとり言のようにつぶやく。


「生き様を選ぶ、か……」


その声色はどこか自嘲的で、自省的で、ともすれば自罰的にすら響いた。

俺が後悔に足を引かれるよりも早く、七瀬は片手で月を隠すように儚く笑う。


「蔵センの言ってることはわかるよ」

屋上の柵をなぞるように歩き始めながら続ける。

「誰の隣でどう在りたいのか、とても美しい恋の言い訳だと思う」

「言い訳、なのかな……？」

俺は隣に肩を並べてそう問い返した。

「ごめんね、いまのはナナの口が悪かった」

七瀬はどこか困ったように首を傾げる。

「きっと七瀬悠月だったら共感していたんだろうな」

少しずつ、夕暮れが薄れて夜が近づいてきていた。

「だけどいまの私には、もう少し人間くさい理由があってもいいと思えるんだ」

「それは……」

思わず口を挟むと、足を止めてそっと頰を撫でるような声で言う。

「――絶対にそうは在りたくない自分すら見せられる相手を選ぶの」

それはまるで蔵（くら）センの対となるような答えだった。

「誰だってどんなときでも美しくはいられない、ヒーローではいられない」

寂しげに口ずさむ七瀬が、こちらを見てそっと目尻（めじり）を下げる。

「たとえば澄み渡ったあなたの心にさえ、ときどきは澱（おり）が沈むように」

だから、と今度こそ俺の頬に手が添えられた。

「せめて心を決めた相手の前でぐらいは、さらけ出してほしい」

その指先がやさしく俺の唇に触れる。

「臆病なあなたも、優柔不断なあなたも、千歳朔（ちとせさく）ではいられないあなただって」

「なな……」

思わず開きかけた口に蓋(ふた)をして、七瀬(ななせ)が言葉を結んだ。

「――身も心も、この夜に溺(おぼ)れて眠るように」

そうして俺たちは、名残(なご)り惜しむグラデーションが嘘(うそ)つきなブルーアワーに染まるまで、いつまでも静かに見つめ合っていた。

*

学校祭を来週に控えた金曜日の放課後。

応援団と演劇の練習はいよいよ大詰めに差しかかっていた。

今日は後者の仕上げとして、ついさっきまで第一体育館のステージを借りて本番さながらのリハーサルを行っていたところだ。

納得のいくところまで詰めて、最終下校時間を知らせるアナウンスが流れたところでようやく満足して練習を切り上げた。
七瀬はもちろんのこと、夕湖も、俺も、それからみんなも。
短い練習期間でしっかりと演技が様になっていた。
あれだけ惜しんでいたくせして過ぎてしまえばあっという間だよな、と思う。
そうして五組のみんなで教室に向かって廊下を歩きながら、夕湖が口を開く。

「学校祭、すっごく楽しみになってきた！」

陽がへっと笑って続く。

「そんなに心配してなかったけど、クラスの演劇はなんとかなりそうだね」

それを聞いた優空が穏やかに目尻を下げる。

「応援団も私たちの『宴』パートが完成してほっとしたよ」

健太はなぜだか得意げにふふんと鼻を鳴らした。

「水篠たちもようやく『宴』の振り付けマスターしたし」

話を向けられた和希がくすっと可笑しそうに肩を揺らす。

「恐れ入ります、師匠」

海人は頭の後ろで手を組みながら言った。

「けどなんか寂しいよな、お祭り騒ぎも来週までか」

あはっと、なずなが口許に手を当てる。

「でも、こういうのって終わりがあるから特別なんじゃない？」

七瀬はどこか遠い目でこくりと小さくうなずく。

「同感」

しばらく続きを待ってから、俺はぼそっとつぶやいた。

「……亜十夢くんもなんか言っとけば？」

「黙れ」

そのやりとりに、みんなが堪えきれずぶはっと吹き出す。

和希があとを継いで亜十夢をからかい、海人が調子よくそれに乗っかり、健太は遠巻きに、だけどまんざらでもなさそうに見守っている。

もういくつ寝ると、か。

そんなことを考えていたらふと、優空が近づいてきた。

頬をかきながら、どこか申し訳なさそうに切り出す。

「朔くんごめん、今週末は作り置きしに行けないかも」

「了解、吹部か？」

「うん、校外祭の発表前だからいつもより練習長くて」

「がんばれよ、ステージ楽しみにしてる」

そんなやりとりをしていると、近くを歩いていた七瀬が言った。

「うっちー、もしよかったら今週だけ私が代わろうか？」

会話の内容が聞こえていたんだろう。

俺はその言葉に思わずふっと笑って軽口を叩く。

「なぜ優空に聞く」

さも当然のように七瀬が答えた。

「それが筋だし、千歳に聞いてもどうせ適当に自炊するから大丈夫って言うでしょ」

「そのとおりだが？」

「だけどうっちー的には？」

言いながら、意見を伺うように視線を送る。

優空は困ったように微笑んだ。

「朔くんの自炊、炭水化物とお肉が中心でお魚とかお野菜が雑になるからなぁ……」

ほらね、と七瀬が肩をすくめる。

「細々と品数作るのは苦手なんだよ……」

俺がそう答えると、ふたたび優空に視線を戻す。

「私も副菜とか作り置きの練習したいし、どうかな？」

ほんの一瞬、紅葉のことが頭をよぎった。

優空にお伺いを立ててからうちのキッチンで料理をする。

流れ自体はあのときとまったく同じだし、いっしょにいた七瀬がまさかそれに無自覚とは思えないけど……。

優空はことさら構えるでもなくあっさりとそれに答える。

「うん、じゃあ申し訳ないけど悠月ちゃんにお願いしちゃおうかな」

七瀬は胸の前で両手を重ね、ふありとやさしく目尻を下げた。

「はい、任されました」

「えと、それもしかして私のまね……？」

そうしてふたりで目を見合わせてくすくすと肩を揺らす。

余計な心配だったか、と俺も息を吐いた。

いつのまにか、この程度では揺らがない関係性ができているらしい。

七瀬もそれを自覚していたからこそ提案したんだろう。

ふふっと優空が口許に手を当てる。

「その代わりと言ったらなんだけど、もしよかったら体育祭のお弁当は朔くんと悠月ちゃんの分も私が用意するね」

「ほんとに？　ありがとう、楽しみにしてる」

「うん！」

そうしてまた自分だけが取り残されたまま女の子たちが前に進んで行くのを、俺はただぼんやりと見送っていた。

＊

鏡よ鏡。

――たとえば私が、優しい空だったなら。

＊

翌日土曜日の夕暮れ前。

部屋の掃除に洗濯、日課のランニング、素振りやトレーニングを終えてソファでうたた寝していると、どこかしめやかに玄関のチャイムが鳴る。

「開いてるぞー」

もぞもぞ身体を起こしながら言うと、

「こんばんは、お邪魔するね」

かちゃり、丁寧にドアを開けた七瀬が顔を覗かせた。

「なんだよ、いまさら他人行儀な」

俺の呆れたような笑いに、ふふとやけに慎ましい笑みが返ってくる。

そうして中に入ってきた七瀬は、アイスブルーのカーディガンにプリーツが入ったブルーグリーンのロングスカートという、いつもとは少し印象の違う服装だった。

　全体的に露出は控えめで、落ち着いた淑やかな雰囲気が漂っている。

　思わず見とれていると、それに気づいた七瀬が不思議そうに首を傾けた。

「どうしたの？」

「いや、なんか珍しい服装だなと思って」

「そうかな？」

「いつもはもうちょっとボーイッシュじゃないか？」

「たまにはいいかなって、嫌い？」

　まさか、と俺は大げさに肩をすくめた。

「そういうのもよく似合うんだなって思っただけだ」

　七瀬はどこか穏やかな表情で目尻を下げながら、

「ありがとう、千歳」


　たんぽぽみたいにふわりと笑った。

　まったく、とその反応に俺は思わず苦笑する。

　どうにも最近の七瀬は調子が狂う。

　次から次へと俺の知らない一面が顔を覗かせて、そのたびに心を揺さぶられる。

こっちは演劇の練習で魅せる妖艶(ようえん)な七瀬(ななせ)も、ドレス姿の無垢(むく)な七瀬も、夕暮れの屋上で移ろう大人びた七瀬も、そのあとに交わしたやりとりの意味でさえ、まだちゃんと消化できていないってのに。

そんなことを考えていたら、

――かさりと、不意にのどかな日常の音が響いた。

それでようやく俺は、七瀬が両手に提(さ)げているビニール袋の存在に気づく。

いっしょに行くつもりでいたけど、先に買い出しを済ませてくれていたんだろう。

長ねぎや小ねぎがちょこんと飛び出ていて、それがいつもよりも女性らしい七瀬の印象をほどよく中和していた。

俺はそのちぐはぐな佇(たたず)まいにほっとしながらも、慌てて口を開く。

「わるい、気が利かなくて」

「ううん、お願いしていい？」

七瀬からビニール袋を受けとると、思っていたよりもずっしりと指に食い込んで申し訳ない気持ちになる。

俺はひとまずそれをテーブルの上に置いて口を開く。

「声かけてくれたら付き合ったのに」

しゃがんで丁寧にパンプスを揃えていた七瀬は顔だけをこちらに向けて、

「大丈夫だよ、なるべく着いたらゆっくり過ごしたかっただけ」

まるで自分の家へ帰ってきたように安心しきった表情で言った。

「そっか」

俺はいつもの週末みたいな空気感がくすぐったくて、自分の心を誤魔化すようにふっと口の左端を上げる。

「七瀬、部活は？」

「朝から練習だったよ」

「じゃあ、先にシャワー浴びるか？」

「ううん、終わってそのまま来たわけじゃないからご飯のあとにしようかな」

「まあ、着替えてるんだからそりゃそうか。ってことは、家で入ってきたのにまた入るのかよ」

「さっきのは昼のシャワー、ここでは夜のお風呂」

そういえば、と七瀬（ななせ）がいつもより大きめのバッグから小洒落（こじゃれ）た瓶（びん）のようなものを取り出し、うれしそうに顔の近くへと掲げた。

「入浴剤、持ってきたよ」

言われてみれば、前にひとりで来たときそんな話をしてたっけ。
あれからもう一か月か。
近頃はいよいよ本格的に秋めいてきた。
そろそろシャワーよりも湯船が恋しくなってくる季節だ。
七瀬から入浴剤を受けとりながら俺は口を開く。

「じゃあ、せっかくだしお湯も溜めるか」

「うん！」

「しかし入浴剤ってバスクリンとかバブみたいなやつじゃないのか。こんなのもったいなくてひとりで使えないぞ」

「そう？　じゃあ、いっしょのときに使おうよ」

あのな、と気づかれないようにこっそりため息を吐く。

せめて含みをもたせるなり挑発めかしてくれるなりしないと、そんなに自然体でさらっと言われると反応に困る。

優空が変わった調味料やスパイス買ってきたときとは訳が違うんだぞ。

そんな動揺は露知らずといった様子で、七瀬が洗面所に入って手を洗い始める。

俺は呆れたように小さく笑ってチボリオーディオの電源を入れる。

スマホの音楽をランダム再生すると、BUMP OF CHICKENの『Small world』が流れ始めた。

＊

しばらくして七瀬がリビングに戻ってくると、前にカツ丼を作ってくれたときと同じ青の縦ストライプ模様が入ったエプロンを身に着ける。

あのときは本人もどこかぎこちなかったけれど、いつのまにかその所作は日常の一部みたいな自然さが漂っていた。

七瀬がヘアゴムを口にくわえ、こちらに背を向けたままで髪をまとめる。

滑らかなうなじが目に飛び込んできて、思わず顔を背けた。

いつもより露出が少ない服装をしているせいで、かえって控えめに晒された肌へと視線が吸い寄せられてしまう。

そうして準備が整うと、七瀬は買ってきた食材をてきぱきと仕分け始めた。

いったん冷蔵庫に入れておくもの、常温保存で問題ないもの、すぐに使うもの……。

七瀬のことだから、折につけて優空の立ち振る舞いを学んでいたんだろう。

その手際のよさは、まるで俺が普段から見慣れている週末の風景そのものみたいだった。

仕分け作業が終わり、包丁とまな板を取り出しながら七瀬が言う。


「千歳、一応聞くけどなにか食べたいものってある？」

「んー、腹減ったから肉」

「私が任された意味……」

「七瀬のカツ丼とか、また食いたいんだけどな」

「ふふ、ありがとう。でも今日はお魚ね」

「ちっ」

「大丈夫だよ、うっちーにレシピ渡しておいたから」

「え……？」

それは少しだけ意外な台詞だった。

優空が七瀬にカツ丼のレシピを聞いたことも、七瀬が優空に教えたことも。

道理で、と同時に納得する。

紅葉との一件を目の当たりにしていたのに、七瀬があっさり今日のことを提案したはずだ。

そうしてほんのわずかに、寂しさが胸の内を撫でた。

とても当たり前のことだけど、俺が知っている、俺しか知らない七瀬と優空の裏側には、七瀬しか知らない優空が、優空しか知らない七瀬がいる。

だからもしも誰かと誰かの関係性を変えるときがきたら、連なるようにいろんな関係性が変わってしまう。

ふと、幾久公園で交わした会話が浮かんでくる。

『これが最後じゃないかな』

『最後……』

『うん、私たちの学祭』

きっと夕湖(ゆうこ)は誰よりも早く一歩踏み出したからこそ、いや、誰よりも早く曖昧(あいまい)で不安定な関係性にけじめをつけたからこそ――。

その行く末にも覚悟を抱いているんだろう。

誰かを選ぶということは、誰かを選ばないということだ。

ある生き様を選ぶということは、ある生き様を選ばないということだ。

たとえここ最近の七瀬(なせ)が……。

なんて、考え込んでいるうちに知らず表情が沈んでいたのかもしれない。

「千歳(ちとせ)……？」

七瀬がどこか心配そうにこちらを見ている。

よくないな、と俺は首を小さく横に振った。

まずは目の前にいる女の子と向き合うために気持ちを切り替えて口を開く。


「ちなみに魚はなに買ってきた？」

「さんまとぶりだよ」

「季節だし今日はさんまにしようか」

「炊き込みご飯とかカルパッチョにもできるけど」

「いや、シンプルに塩焼きで大根おろしとポン酢に白飯かな」

「もう、張り合いがないなぁ……」


七瀬が呆れたように苦笑して続ける。


「作り置きもあるからけっこう時間かかると思う。千歳、先にお風呂どうぞ」

「いいのか？」

「うん、ごゆっくり」

「じゃあ、お言葉に甘えようかな」

「入浴剤使ってね」

「おう、なんか手伝うことあったら残しておいてくれ」

「ありがとう、じゃあお風呂溜まるまでにお米だけ研いでくれる？」

「了解」

「押麦買ってきたんだけど混ぜてもいい？」

「お、麦ご飯は好きだぞ」

「今日は給食風のわかめご飯にしようかと思って」

「いっちゃんテンション上がるやつ」


どこまでも自然なそのやりとりがくすぐったくて、俺はそっと自嘲する。


俺の日常に優空がいるとき、七瀬はいない。

俺の週末に七瀬がいるとき、優空はいない。


そういうことなんだよな、とあらためて思う。

キッチンに立つ七瀬の後ろ姿を見ていると、なんだかやるせない気持ちになった。

＊

そうして風呂から出てくると、リビングに食欲をそそる香りが充満していた。

あんまり長く浸かっていたつもりはないけれど、テーブルの上にはタッパーやジップロックへ詰められた作り置きがすでに何品も並んでいた。

肉豆腐にしょうが焼き、ぶりの角煮、バンサンスー、セロリのツナマヨ和え、きゅうりと白菜と小松菜の浅漬け……。

この短時間ですごいな、と俺は素直に感心して口を開く。

「ずいぶんと豪勢だ」

「そう？　ちょっとだけ手間がかかるのはバンサンスーの薄焼き卵ぐらいで、他は煮たり焼いたり和えたりするだけのわりとシンプルな料理ばかりだよ。浅漬けなんかは手抜きで素を使っちゃってるし。あ、これだけは日持ちしないから明日には食べきって」

「了解、それにしたってよくこんなに作れるよ」

「まあ、うっちーと違って私の場合は全部レシピ見てるしね」

「こいつは？」

言いながら、俺はタッパーのひとつを手に取る。

中にはほんのり赤らんだいちょう切りの大根みたいなものが入っている。

「かぶが安かったから、梅おかかマヨ和え。マヨ系被りでごめんね」

「へえ、かぶか」

「食べてみる？」

俺は七瀬が差し出してくれた箸と小皿を受けとってかぶをのせる。

そのままひと口食べてみると、野菜の素朴な甘みとほのかな梅の酸味をおかかマヨが引き立てていて、これだけでも米が進みそうだ。

「めちゃくちゃ美味い」

「ふふ、ならよかった」

かぶなんて自分じゃまず手に取らないからな。

俺は毎日同じメニューでもそれほど苦にならないタイプだから、秋から冬にかけては困ったらとりあえず鍋で済ませてしまう。

肉も野菜もとれてそれはそれでお手軽なんだけど、こうやって七瀬や優空が普段は食べないような料理を用意してくれると、やっぱり誰かが作ってくれたご飯はいいものだよなとしみじみ実感する。

そんなことを考えていると、揚げ物の様子を確認していた七瀬がどこか自信なさげに言った。

「副菜はもう少し作るとして、主菜はあと手羽先揚げとサラダチキンの予定なんだけど、それで足りる?」

「充分だよ、本当に助かる」

俺がそう答えると、どこかほっとしたように肩の力を抜く。

「いつもうっちーがどのぐらい作ってるのかわからなくて……」

「そんなの気にしなくていいって」

まだ納得がいっていないのか、こちらの顔色を窺うような上目遣いで続ける。

「でも、うっちーみたいに慣れてないから」

「すぐに慣れるよ」

「ちゃんと私で満足できる?」

「できるってば」

「七瀬じゃもの足りないって思われたくないんだもん」

「……えと、あのこれ作り置きの話ですよね？」

堪えきれなくなって思わず軽口を叩くと、珍しく七瀬がぽかんと首を傾げた。
しばらくしてようやくその意味を察したのか、わずかに顔を赤らめてぽすんと俺の胸を叩く。

「もう！　真面目な話してたのに」

「あれごめん?!　七瀬のことだからてっきりつっこみ待ちなのかと」

ぽすん。

「いまのは天然！」

「ちょっと待って俺まで恥ずかしくなってきた」

ぽすん。

「あなたが私のことをどういう女だと思ってるのかよおくわかりました」

「だっていつもはそういう感じじゃない?!」

「きゅいっ」

そうして互いに顔を見合わせ、ぷっと吹き出す。

七瀬といるときは、いつだってある種の緊張がつきものだ。

もちろんいまさらになってまだ壁があるという意味ではなく、自分とよく似ている相手だからこそ襟を正すというか、会話や身だしなみ、立ち居振る舞いひとつとっても、同じぐらい上手に優雅に演じてみせなければ隣にいて釣り合いがとれないと背筋が伸びる。

だけどたまにはこんなふうに、まるでもうひとりの家族みたいに気の置けないやりとりを交わすのも悪くない。

七瀬がすねたように唇を尖(とが)らせた。

「もう、せっかく揚げたての手羽先味見させてあげようかと思ってたのにお預けです」

「ごめんて！」

「千歳（ちとせ）って本当にそういうところあるよね」

「なんでもお願い聞くからいいかげん勘弁してくれ」

「えーどーしよっかなー」

言いながらも、ふふと可笑（おか）しそうに頬（ほお）を緩める。

七瀬（ななせ）は網つきのバットで手羽先の油を切ってから、あらかじめたれを用意していた別のフライパンに次々と入れていく。

トングを使ってぐるぐる回しながら充分に味を絡めたところで、一本を取り出した。

ふうふうと何度か息を吹きかけてからこちらへ差し出してくる。

「はい、熱いから気をつけてね」

「さんきゅ」

俺はそれを受けとると迷わずにかぶりつき、

「あっっっぢ！」

しっかりとお約束をかました。

「もう、だから言ってるのに」

ほら、と七瀬が呆れたように笑って水を手渡してくれる。

「ん」

俺はそれを受けとって唇を冷やす。

七瀬はまるで小さな弟を諭すような口調で言う。

「ちゃんとふうふうしないと駄目だよ?」

「はいはいふうふう」

そうして俺はあらためて手羽先にかぶりつき、

「んまっ!」

素直にそう叫んだ。

醬油やみりんをベースにしているのであろう甘めのたれにほのかなニンニクの香りがして、何本でもぺろりと食べられてしまいそうだ。

なにより薄く片栗粉をまぶしているのか、皮がめちゃくちゃぱりっとしている。

フライパンに近寄りすすっと二本目に手を伸ばすと、七瀬が困ったように頰をかいた。

うれしいのはうれしいんだけど、と曖昧な笑みで口を開く。

「それ一応、作り置き用のやつなんだけどなぁ」

「あと一本、いや二本だけ」

「もう、ちゃんと晩ご飯の分のお腹も空けておいてよ」

「余裕よゆー、せっかくなんだから七瀬も揚げたて食べておけば？」

「うーん、今日はやめておこっかな」

「なんでだよ」

「えと、にんにく入れちゃったから……」

「こんなの隠し味程度だし、よっぽど近寄らなきゃわからないだろ」

その言葉に、ふと見慣れた七瀬悠月が顔を覗かせる。

「──そこは一応、女の嗜(たしな)みとしてね」

どこまでもらしいような、それでいてどこか含みのあるような台詞(せりふ)を、

「そういうもんか」

あまり深くは詮索(せんさく)せずに俺は二本目の手羽先をかじった。

*

そうして七瀬(ななせ)が作り置きをすべて終えるころには、寝転んだソファから見える空がすっかりと夕暮れに差しかかっていた。

今日も今日とて、青藤(あおふじ)色の下地へ桃花(ももはな)色や菖蒲(あやめ)色をそっと塗り重ねたようにセンチメンタルなグラデーションを描いている。

窓から差し込むあたたかな夕陽が、リビングの空気をほんのり紅潮させていた。

「隣、座っても?」

マグカップをふたつ手にした七瀬に声をかけられ、俺は身体を起こす。

「コーヒーは食後じゃないのか？」

苦笑しながら軽口を叩くと、思ったより力のない声が返ってくる。

「ごめんね、あとはさんま焼くだけなんだけど少し休憩していい？」

そりゃそうか、と俺は反省してソファの隣をぽんと叩いた。

「冗談だよ、ゆっくりしてくれ」

朝から部活の練習をしたあとに慣れない大量の作り置き。

さすがの七瀬も気を張っていたんだろう。

茶化して悪かったな、と申し訳ない気持ちになる。

七瀬はローテーブルにマグカップを置いて隣に座ると、

――ことり、と頭を預けてもたれかかってきた。

俺がなにか言うよりも早く、

「ちょっとだけ、肩かして？」

ぽつりと含みのない様子でつぶやく。

そうして安心しきったようにくうと漏れる息を聞くと、無理に押し返そうという気にはなれなかった。

リビングに漂う料理の香りとシャンプーの匂いが重なって、そのちぐはぐさが妙に心地いい。

俺は気を遣わせないようにそっと肩の力を抜きながら言う。

「どうした?」

「んー、充電と放電」

「なんだよそれ」

「幕間(まくあい)の深呼吸みたいなものかな」

「そか」

七瀬(ななせ)がどこかくすぐったそうに身をよじってから口を開く。

「こういうのって、悪くないよね」

「こういうの？」

「夕暮れのひととき、夕飯前のかたとき、肩を並べてコーヒーを飲むような時間」

「並べてっていうよりは枕にされてるけどな」

「なんでも茶化すな、ばか」

こつんと、冗談めかした軽い頭突きをされる。

「もしも私がうっちーよりも先に出逢っていたら、こういう日常もありえたのかな」

「やめようぜ、そういうのは」

「いつか同じ大学に進んで同棲したら、こういう日常もありえるのかな」

「いっしょに暮らしたら料理しなくなるかもって誰かが言ってたぞ」

「するよ、あなたが隣で寝てくれるなら」

「眠れない夜にはおとぎ話でも聞かせようか」

「ふたりきりの夜伽話がいいな」

そんなふうに俺たちは、昼と夜の境目にトワイライトみたいな会話を交わす。

曖昧な時間。

曖昧な関係。

曖昧な距離。

曖昧な言葉。

曖昧な行く末。

曖昧な心。

そのすべてを見ないふりして、この隙間（すきま）にこっそり置いていこうとしているみたいに。
明日の朝になるまでは誰にも触れられない箱へしっかり鍵をかけるように。

そうしてあたりが黒に染まって互いの輪郭さえも不確かになるころ、

「夜だよ」

七瀬（ななせ）がどこか待ちわびていたようにとろんと結んだ。

＊

鏡よ鏡。

——たとえば私が、毒りんごの魔女だったなら。

＊

それから俺たちは、七瀬(ななせ)が作ってくれたさんまの塩焼き、きゅうりと白菜と小松菜の浅漬け、桜えびとキャベツの塩こんぶ炒め、給食風の麦わかめご飯にいわしのつみれ汁を食べた。

気取ったところのない献立は、だからこそじんわりと染み渡る。

どれも美味(おい)しかったけれど、とりわけわかめご飯は絶妙な塩っけがなんだか無性に懐かしくて二回もお代わりをしてしまった。

けっこう簡単に作れるらしいから、あとでレシピを教えてくれるそうだ。

さすがに洗い物は俺が引き受け、先に洗面所で自分の歯磨きだけ済ませてから七瀬は風呂に入ってもらっている。

これだけの作り置きをしてくれたのだからシンクが鍋やらフライパンやらでいっぱいになっているかと思ってたけれど、ほとんど晩ご飯で使った食器ぐらいだったのには驚いた。

前にカツ丼を作ってくれたときは多少なりともボウルやまな板なんかが残ってたのにな、と七瀬らしい呑(の)み込みの早さがちょっと可笑(おか)しくなる。

そうして洗い物を終えて、俺はソファにごろんと寝転がった。

いつもの週末なら優空(ゆあ)と食後のコーヒーを飲んで家まで送っていく時間だから、どうにも調子が狂う。

かといって、七瀬が家（うち）で風呂に入っていきたいと言う以上、飯だけ食わせてもらってさっさと追い返すわけにもいかない。

そんなことを考えていると、脱衣所のほうから浴室のドアが開く音が響き、俺はチボリのボリュームを少し上げる。

五月に初めて泊めたときは水音ひとつでしこたま動揺したっていうのに、いつのまにかこの流れもすっかり日常のお約束になってしまった。

きっと、相手が相手だからなんだろう。

一年のときと今年の八月に優空が泊まった例外を除けば、俺の家でシャワーを浴びたり風呂に入ったりする異性は七瀬だけだ。

いつか偽物の彼氏を頼まれたとき、口にしたことがある。

『言い換えれば、勘違いして自分を好きになったりしない相手だから、七瀬は俺を選んだ』

もしかしたらそれは、この現状にも同じことが言えるのかもしれない。

――勘違いして踏み越えてきたりしない相手だから、俺は七瀬の振る舞いを受け入れている。

たとえば自分のタオルをクローゼットに持ち込んでも。

たとえばこの部屋へ来ることに特別な理由を必要としなくなっても。

たとえば同じシャンプーの匂いを漂わせていたとしても。

たとえばいっしょのときにだけ使う入浴剤があったとしても。

たとえばもしものいつかを交換しても。


――この夜を抱き合う言い訳にはならない。


それを理解しているからこそ、余白を保って線引きできているんだと思う。

俺はここまで、私はここまで。

解釈の余地を残したまま、互いに手を伸ばしたときだけ指先が触れる距離。

どちらかの気が向かなければ知らんぷりできる曖昧(あいまい)な都合のよさを、きっと俺も七瀬(ななせ)も上手に利用しているんだろう。


ぶおん、とドライヤーの音が響き始める。

頭の後ろで組んだ両腕を枕にして目をつむると不意に、誰かが家庭のお風呂に入っているときの気配としか言いようのない香りが漂ってきた。

家族と生活していたころはもちろん、夕暮れの町中を歩いているときにもふとこういう空気に包まれることがある。

シャンプーやトリートメント、ボディーソープや入浴剤の匂いなんかがあたたかな湯気にのって流れてきて、思わず穏やかに表情を緩めてしまう瞬間。

もしかしたら気の置けない誰かが気を許しているという事実に、どこかでほっと安心するのかもしれない。

そんなことを考えながらいつのまにかうとうとしていたら、

しゃらしゃらと洗面所のカーテンが開き、

――ぱちんと、リビングの照明が落ちた。

夕食のときに七瀬が寝室から持ち込んだ三日月ライトの灯り(あか)がぼんやりと広がる。

「千歳(ちとせ)、お待たせ」

どこか誘うようなその声色に、またいつもの手遊びかなと苦笑した。

「あいにくと、俺たちの舞踏会にチークタイムはなさそうだぞ」

そうして呑気にソファから身体を起こして立ち上がり、

「――ッッッ」

思わず俺は息を呑んだ。

先ほどまでの露出を抑えた服装とは打って変わって、七瀬が着ているのはシルクみたいに生地がなめらかなワインレッドのワンショルダーだった。

片側の鎖骨や胸元が無防備にさらけ出されていて、うっすらとウエストの肌色も覗いている。

左の腰から垂れ下がった長いリボンが特徴的な黒のロングスカートには太もものあたりまで深くスリットが入っていて、そのすらりと伸びた美しい脚を惜しみなく披露していた。

手首に着けられた華奢なゴールドのブレスレットと、ハーフアップ気味にまとめられた髪の毛のあいだで揺れるイヤリングが妖しくちらちらと揺れている。

七瀬が心なしかいつもより紅い唇をゆっくりと動かした。

「ねえ、千歳（ちとせ）？」

「っ、七瀬」


とっさに言葉が浮かばず、俺はただ無意味に名前を呼び返してしまう。

ドレスの試着をしたときも目を奪われたけれど、あれはあくまで非日常であり舞台の衣装としてある程度折り合いをつけることができた。

だけど週末の夜、自分の部屋で、風呂上がりの七瀬がこういう服装をしていると、言いようのない背徳感がこみ上げてくる。

薄闇（うすやみ）にぼんやりと照らし出された肢体は、ぞっとするほどに生々しく艶（なま）めかしい。

七瀬の容姿が美しいことなんてとっくに承知していたはずなのに、これは違う。

ふと、かりそめの恋人未満だったときの言葉が浮かんでくる。

『あれ、千歳はいい男とのデートでここぞとばかりに気合い入れて着飾ってくるような女の子は趣味じゃないと思ったんだけどな』

『それに、意外とこういうほうがドキッとしない？　ボーイッシュな格好なのにふとした仕草で浮かぶ身体のラインとか、足を組んだときにちらりと見える太ももとか、ね？』

あまりにもらしい台詞だったから素直に受け止めていたけれど、冷静に考えればあれはまだ互いの内面をさらす前の話だ。

七瀬なりに自衛をしていたっておかしくないし、それはきっと俺に限ったことではなくすべての異性に対して同様だったんだろう。

ボーイッシュな服装でも充分すぎるほどに魅力的だから気づかなかった。

つまり七瀬はこれまでずっと、まるで美学を身にまとうように、

——自分のなかにある女を隠していたんだ。

ごくりと、思わずつばを呑み込んでしまう。

まるでそんな俺の反応を愉しんでいるように、七瀬がわずかに口の端を上げた。

その些細なそぶりにさえ、心が意味を求めてしまう。

じゃあ、どうして七瀬は。

この夜に、ベールを脱いだんだろう。

この夜に、女を魅せつけているんだろう。

俺の困惑とは裏腹に、焦らすように、もったいぶるように、七瀬は静寂を煽ってくる。

ゆっくりと瞬きをして、意味ありげに目を細め、ときおりねぷりと唇を動かす。

そうしてたっぷりと余韻に浸ったあとで、

「ねえ、千歳？」


七瀬がもう一度同じ台詞を口ずさみながら、つつと一歩踏み出す。

そのつま先にはワンショルダーと同じワインレッドのネイルがぬらりと光っている。

スリットがぱくりと開き、風呂上がりで火照ったひざや太ももがいっそうあらわになった。


「夜だよ」

「夜だな」

精一杯平静を装おうとしたおうむ返しが、情けなく上滑りして窓の外へ消えていく。

七瀬(ななせ)が近づいた分だけ怖じ気(おけ)づくように後ずさっていると、ふくらはぎがソファにぶつかって行き場をなくす。

なにを動揺してるんだ俺は、と小さく首を横に振る。

この程度の手遊びは何度も繰り返してきただろう。

今晩もまた上手に演じてみせればいい。

互いに引いた線の内側から、指先だけを触れ合わせるように曖昧(あいまい)なお芝居をすればいい。

ふふ、と揺らぐ俺の心を手のひらで弄(もてあそ)びながら、

「夜は好き」

まるでそっと耳朶(じだ)を撫(な)でるような声で七瀬が言う。

「閉じられているから、まだ名前がついていないから」

一歩、また一歩と距離を縮めながら、

「夜は好き」

インクの乾ききっていない詩を諳んじるみたいに続ける。

「ふたりきりの世界だから、誰にも聞かせられないないしょ話ができるから」

そうして目の前に立った七瀬が、左手で俺の右手をとり、もう片方の手をそっと肩に添える。

俺は誘われるように惑わされるように気づけばその腰を抱いていた。

腕を上げているせいで服の裾がずり上がっていて、むき出しの素肌に直接触れてしまう。

その滑らかな感触とのぼせそうな体温に、じんと脳が痺れてどうにかなってしまいそうだ。

とっさに手を離そうとしたのを察したのか、まるで絡めとるようにねっとり隈なく身体を擦りつけてきた。

七瀬の胸が俺の胸に、七瀬の下腹部が俺の下腹部に押しつけられる。

かぁっと、血の巡るような予兆が走った。

「七瀬、いいかげんにっ――」

その言葉を遮るように、七瀬がぴとりと上気した頬を寄せてくる。

はふぅと、色気づいた生温かい吐息が耳のふちを撫でた。

どこかぼおっと遠のきそうな意識の片隅で、歯磨きをしておいてよかったな、と場違いにそんなことを思う。

俺の右手をとっていた左手が、肩に添えられていたもう片方の手が、つつうと背中を伝って腰まで下りてくる。

ただでさえ重ねられた身体をまるで目合ってひとつになろうとしているようにぎゅっと抱き寄せながら――――。


だからいまだけは、と七瀬が密約を仄めかすみたいに言った。


「夜に溺れてもいいんだよ」

そうしてゆっくりと擦るように頬を離していく。

ここまでか、といつもより危うい線引きに安堵しかけたのも束の間、

——ちゅぷり。

ねっとり甘く、とろりと艶(なま)めかしい唇が左頬に触れる。
それは、秋の曼珠沙華(まんじゅしゃげ)みたいに毒々しくて扇情的なキスだった。

「ばッッッ——————」

俺が慌てて突き放そうとするよりも早く、

——ぎしっ。

七瀬が体重をかけてもたれかかってきた。
ただでさえ身体が硬直していたうえに、端からふくらはぎがソファにつっかえていたせいでかくんとひざが折れて呆気なくそのまま押し倒されてしまう。

——どくっ、どくっ、どくんっ。

もつれるように覆いかぶさってきた七瀬(ななせ)の胸が俺の胸の上で痛いほどに圧迫され、どちらのものとも区別がつかない心臓の鼓動が全身に共鳴する。

――はっ、はっ、はっぁ。

熱っぽく昂ぶった、それでいて湿っぽく艶(つや)めいた息が小刻みに耳朶(みみたぶ)へかかる。
右脚のつけ根が七瀬の太ももにとぷんと包み込まれていて、抵抗しようともがいたら決定的に後戻りできない反応をしてしまいそうで身じろぎひとつできない。

――ぎし、ぎし。

それなりに使い込んだソファのスプリングが互いの息づかいに合わせてゆっくり軋(きし)む。
耳慣れたなにげない日常の音さえもが、いまは淫らに甘ったるく響いた。
ふたり分の重さを受け止める座面のクッションがたぷんとたわわに沈んでいる。

――ぎしっ。

上になっていた七瀬が俺の両肩を押さえるように手をついて身体を起こした。

「ねえ、千歳？」

そのまま焦れったそうに足を開き、俺の下腹部を挟み込むようにしてぱくんと跨いだ。

スカートの内側に秘められていた生々しい生温かさや、ふにと膨らんだ蕩けそうにやわらかい感触が薄い布地越しにでも伝わってきて、首の両側がきいんと痺れるみたいに突っ張る。

「──っツッ」

俺は声と心をまとめて押し殺そうとするように唇を嚙んで息を呑む。

「夜だよ」

スリットの入ったスカートがずり上がり、ほとんど脚のつけ根までが露わになった。

「ふたりきりの、閉じられた秘めごとの時間」

にちり、と七瀬がやきもきするように腰を動かす。

「たとえば千歳朔と七瀬悠月がただの男と女になっても」

ワンショルダーから覗く脇腹がじんわりと汗をかいて濡れていた。

「たとえば上手に言い訳できなかったとしても」

肩のストラップが二の腕のほうに垂れて、胸元が大きくはだけている。

「たとえば今晩は美しくは在れなくなったとしても」

耳元のイヤリングが、催眠をかける振り子みたいに妖しく揺れた。

「誰も見ていない、誰も聞いていない、だから、誰にも、知られない」

かり、かりと、七瀬が爪を立てて挑発するように鎖骨をなぞってくる。

「朝も、昼も、夕暮れも」

じん、じんと、そのたびに身もだえしそうな感覚が背中を貫く。

広がる袖の奥につるりと滑らかな腋が目に入り、盗み見してしまったような後ろめたさが羞恥心に変わってへそのあたりにぞくぞくと滲む。

「役割分担された昼の世界はみんなに譲ってもいい」

だから、と俺を見下ろす七瀬の瞳は、

「――まだ名前のついていないあなたの夜を私にちょうだい？」

とろけそうなほどに上ずっていて、呑み込まれそうなほどに色っぽかった。

「ねえ、千歳。私たちって似てると思わない？」

五月の入り口から連れてきたような台詞を七瀬が取り出して、

「ほら、いつだって私たちは線の引き方がうまい」

その言葉をなぞるように指先を鎖骨へと這わせる。

「ここからは夜、ここまでが夜」

私たちにならと、艶っぽい瞳をゆっくり瞬かせた。

「そういう線の引き方だってできると思わない？」

「っ、俺はっ……」

それ以上言わせたくなくて強引に身をよじろうとしたら、

「んっ」

互いの下半身が擦(こす)れてぴくりと敏感に七瀬の腰が跳ね、普段のクールな声からは想像できないほど甘ったるく裏返った吐息が漏れる。

「──っ、わ、悪いっ」

脳みそに直接針を刺してかき回されたような中毒性のある罪悪感が足の先からぴりぴりと這い上がってきた。

「……いいよ?」

七瀬が半透明の恥じらいと恍惚(こうこつ)を重ねて貼(は)り合わせたような表情を浮かべる。

「好きに動いても」

言いながら、太ももをそっと擦り合わせるように焦(じ)れったく身じろぎした。

スカートに秘められた生温かい空気がむらりと立ち昇る。

「ねえ、王子さま?」

そうして俺の両頬を花びらみたいに包み込みながら続けた。

「これは夜という名前の舞台だよ」

七瀬の右手が、そのままじりじりと首筋を伝ってくる。

「私たちは演じているだけ、幕が下りればぜんぶ元どおり」

そのまま鎖骨を通りすぎ、胸のあたりで指先がじっとり探るように円を描く。
Tシャツ越しに、開いたり閉じたり、大きく小さく、右回りに左回りに。
焦らすように、お預けするように、わざと遠回りするように。
ぞくぞくと、胸をかきむしりたくなるほどのもどかしさが首元に込み上げてつんと染みる。
やがて七瀬がある一点で手を止め、

――かりっと、引っかくように爪を立てた。

「――ッッッ」

痛みにも陶酔にも似た刺激が体幹を突き抜け、俺は声にならない声を必死に呑み込む。

「だから食べて？」

そうして、ねだるみたいに俺の頭を抱えて身体を重ね、

「――私の隠していた毒りんご」

耳元でとろりと蜜を垂らすように七瀬が言う。

「七瀬っ、本当にもうっ――――」

「ナナだよ、いまは」

ちゅぷりと、もう一度艶めかしい唇が頬に触れた。

＊

「ナナだよ、いまは」

ちゅぷりと、私は千歳の左頬に口づけをした。

偽物の五月に手向けたあなたへの誕生日プレゼント。

毒りんごの十月に殉じる私へのはなむけ。

びくっ、と組み敷いた身体がこわばる。

最後の理性と嗜みに惚れた男への気遣いを混ぜて、そっと腰だけ浮かせて下腹部を離す。

ちゅ、ちゅ。

私はそのまま立て続けに唇をずらして千歳の口許に近づいていく。

「――っ」

必死に顔を反対へ背けようとする様子が愛おしくて、

ちゅ。

もう一度、最初と同じ場所に戻って口づける。
緊張しているのだろうか、まだなにかややこしいことを考えているんだろうか、それとも同じように火照ってくれているんだろうか。

もっと私を感じてほしい。
他になにも考えられないぐらい蕩けてほしい。
あなたを私で満たしたい。

つつうと、千歳のこめかみを一滴の汗が伝い、ちろ。

私は舌先で丁寧にそれをすくい上げる。

ぴりっとした塩っ気が口の中に広がり、

「千歳の味がする」

じっくりとそれを味わいながら言う。

「――ッッッ」

ちゅ、ちゅ、ちゅ。

こめかみからそのまま下がって、丁寧に下顎(あご)の輪郭をなぞっていく。

ちゅ、ちゅ、ちゅ。

先端まで辿(たど)り着くと、舌を出してれるりと顎(あご)の裏側を舐(な)めてみる。

「なな――ッ」

慌てた千歳(ちとせ)の唇に、指先でぴとりと蓋(ふた)をした。

男の子のくせに、ぷくっと膨らんでいてぷるんと瑞々(みずみず)しい。

そのまま人差し指で口の中に割って入り唇の裏側をなぞってみる。

ねぷりと湿った粘膜に行儀よく並んだ歯で擦(こす)られるような感覚は、それだけでおへその下がじんと熱くなってしまう。

驚いて反射的に伸びてきた千歳の舌がちるっと指の腹を撫(な)でた。

「んっ」

肩まで連なるような痺(しび)れに思わず手を引くと、

――とろん。

唇から私の指にかけて透明な粘液が糸を引いている。

「っ、ごめん」

千歳が顔を背けたままどこか申し訳なさそうな表情で横目にしているのを見て、

「汚くないよ」

ちゅぽ、と私は唇からそれを指で絡めとってそのまま口に含んだ。

「ばッ――」

ベッドの中で何度も想像していたあなたの唇、あなたの舌先。
ご飯のあとに歯磨きをしていたからか、ほんのり苦いミント味。
まだなにか言おうとしているのを制するように、

ちゅ、ちゅ、ちゅ。

私は顎の裏側から下に向かって口づけを続ける。

「っはぁ、はっぁ」

覚悟を決めて冷静にことを進めているつもりだったのに、興奮で上ずった声が自分の口から知らずに漏れて、その羞恥心がまた自虐心や加虐心にすり替わって身体が火照っていく。

呼吸が苦しい、腰がくだけて頭がどうにかなっちゃいそう。

私ってあなたの前だとこんな声を出すんだ、知らなかった。

「んっ、ふぅっ」

責めているのは自分のほうなのに、愛おしさで切ないぐらい胸が締めつけられる。

息継ぎするように短い呼吸を繰り返し、そのたび頭に紅潮したもやがかかっていく。

千歳の身体、千歳の体温、千歳の息づかい、千歳の声。

あの日から何度もあなたを想いながら夜を慰めた。
ずっとこんなふうに口づけたかった。
私のぜんぶを捧げたかった。
あなたのぜんぶに触れたかった。
夢のなかでしか叶わなかった、ふたりきりの秘めごと。
うれしい、哀しい、狂おしい。

ちゅ、ちゅ、ちゅ。

そうしてごつごつした喉仏(のどぼとけ)のあたりに唇を重ねたとき、
――びくっ、とことさら千歳の反応が大きくなった。

「ここ?」
私は指先でそっと円を描くように喉仏のまわりを撫(な)でながら言う。

「気持ちいいの？」

「ちがっ、これはそういうのじゃ――」

「ふうん」

急に流暢な口ぶりが、慌てて誤魔化すみたいな態度が、急にしらふへ戻ったような白々しさが妙に腹立たしくて、

――ぴ、ちゅ。

私は千歳の喉仏のあたりにもう一度口づけする。
ちゅい、ちう、とそのまま痕跡を残すように強く吸った。
執拗にそうしたあとで唇を離し、私の印が紅く上書きされていることを確認して、よく我慢しましたと労うように下から上へとやさしく舐め上げる。

「っ、んっ」

初めて、千歳が声を漏らした。

その瞬間、きゅうっとおへその下が痺れる。

いつもはへらへらと軽薄だったり急に男らしかったりするのに、まるで必死になって欲望へ抗おうとしているような、衝動を押し殺そうとしているような、そんな自分を恥じ入るような、だけど堪えきれずに溢れてしまった、ともすれば情けないほどにか細い声。

「かわいい」

もっと聞かせてほしい、もっと零してほしい、もっとさらけ出してほしい。

私はそっと耳元に口を近づけ。

「声、我慢しないで？」

直接息を吹き込むようにささやいた。

「っっっ」

千歳(ちとせ)はそれでも頑(かたく)なに唇を結んでいるみたいだ。

「だーめ」

かぷり、と私は耳たぶを甘噛(あまが)みする。

表面を撫(な)でるみたいにやさしく歯を動かし、唇でちゅぷりと強めに吸う。

「んっ」

今度は耳の輪郭をなぞるようにちるちるゆっくりと舌を這(は)わせて、

――ぬぷり。

そのまま不意に穴のなかへ先っちょを挿(い)れた。

「んくっっっっ――」

とりわけくぐもった声が零れて、私まで蕩けてしまいそうになる。

「もっと聴かせて?」

ちゅぴ、かりっ、れろり、ちゅぷ。

吸って、甘噛みして、舐めて、口づけて。

「んっ、くっ」

「んっ、はっぁ」

「っぁ、っは」

「っふ、っんっ」

薄暗がりのなかで、もうどちらのものとも知れぬ吐息が目合う。

私は執拗に千歳の左耳を口で愛しながら、左手でそっと頭を撫で続ける。

「いいんだよ、吐き出して」

言いながら、余っていた右手をTシャツの裾から中に差し入れる。

必死に堪えているせいで力が入っているんだろう。

こぽ、こぽ、と指先だけでも感じ取れるほどに鍛えられた腹筋が浮かび上がっていた。

「千歳、固くなってる」

耳元で自覚的に含みのある台詞をつぶやきながら、そっと手を動かす。

ちゅ、ちゅ、ちゅぱ。

ゆっくりと、触れるか触れないかぐらいのあやふやさで、腹筋の輪郭を、脇腹を、肋骨(あばらぼね)を、胸の下部を、撫でるように慈しむように。

途中で小指がおへその穴に引っかかり、ちゅくちゅくと中を弄(まさぐ)ってみる。

「っ、やめっ――」

がしっと、千歳に右腕を掴(つか)まれてTシャツから引っ張り出されてしまう。

「くすぐったい？　それとも焦(じ)れったい？」

「っ頼むよ、七瀬(ななせ)」

「続けてってこと？」

「わかるだろ」

「ごめんね、わかるよ」

相変わらず顔は背けたままで、やりとりを交わす表情は乱れた髪に隠れて見えない。
ふう、と私はため息を吐いて力を抜いた。
それで少しだけ安堵したのか、千歳も腕の拘束を緩める。

ごめんね、わかるよ。

——あなたはこんなときにさえ、やさしさばかりが先に立つ。

かぷ、ちゅり。

私は鎖骨を甘噛みして、ぬらりと舌を這わせた。

「なんっ、で、っっっ——」

千歳の動揺を無視して、私はその下半身に手を伸ばす。

最近は夜も冷えてきたというのに、体温の高いあなたの部屋着はまだショートパンツ。布地の上から太ももをさすり、むき出しになったひざ小僧の真ん中に五本の指先を集めてぬめぬめと動かす。

ちゅぷ、かり、れとり。

そうしているうちにも私の唇が、舌が、少しずつあなたの鎖骨の形を記憶していく。

つけ込んでごめんね。
利用してごめんね。

だけどこれが、私を打ちのめした紅だから。
今宵(こよい)は、月を隠したナナだから。

ちゅ。

首筋に口づけして、右手をショートパンツの裾からするりと忍び込ませた。

力が入った太ももの内側はじっとりと汗ばみ、千歳の体温で空気がむありと火照っている。

指先に触れた肌は想像していたよりもずっと滑らかで、初心な手つかずだった。

そうしてひざの少し上あたりを撫でながら耳の裏に鼻を押しつけると、くらくらするほど千歳の匂いが立ち昇ってくる。

「はぁ、はぁ、んっ、ふぅっ」

もうとっくに自制心は喪われていて、私はおねだりするように首筋へと舌を伸ばす。

「んっ、千歳ぇ」

そうしてひざのあたりから少しずつ指を上に這わせて、ボクサーパンツのつるりとした布地に触れたところで、

「——駄目だっ」

再度、千歳が私の腕を掴(つか)んだ。

そのまま強引に上半身を起こし、いまにも泣き出しそうな目で言う。

「ここまでにしよう、七瀬(ななせ)」

お願いだよ、と弱々しく頬(ほお)に触れてきた手をとり、

――じゅぽ。

私は千歳の人差し指を奥まで深く咥(くわ)えた。

「っッッッ」

歯を立てないように、唇だけで吸いつきながら上下にゆっくりと動かす。

何度かそれを繰り返したら一度口を離し、根元から先っぽにかけて丁寧に舐(な)め上げる。

ちゅ、ちゅぴ。ちゅぷ。

余すとこなく口づけをしたら、先端だけを咥えて爪と指の隙間をなぞるようにちろちろと舌を動かす。

「んっ、千歳、千歳」

狂おしいほどに名前を呼んでみても、あなたはまだこっちを見てくれない。

だから、私は——。

「いい？」

千歳の左胸に触れてそう尋ねる。

——どっ、どっ、どっ、どっ、どくんっ。

こっちが照れちゃうぐらいに高鳴る鼓動を暗黙の同意と自覚的に履き違えて、私は手を下に這わせていく。

あばらを辿り、お腹を撫でて、ショートパンツのウエストに指をかけ、本当は怖くて避けていた答え合わせをしようとしたところで、

「――七瀬ッッッ」

千歳がまるで叱りつけるみたいに私の名前を呼んだ。

そのまま突き飛ばすような勢いで両肩を摑み、

――ぎゅうっ。

気づけば痛いほどに強く、切ないほどにやさしく抱き寄せられた。

「ちと、せ……？」

「違うだろ、こうじゃない」

まるで祈るように頬(ほお)を摺(す)り合わせながら千歳(ちとせ)が続ける。

「ごめん、七瀬(ななせ)にこんなことさせてごめん」

「どうして千歳が謝るの?」

その問いかけに返事はなく、ただぎゅっと腕に込められた力が強くなる。
私は続きをせがむように、舌を伸ばしてうなじの端をちろりと舐(な)めながら言う。

「私、いい身体(からだ)してるよ?」

「知ってる」

ちゅ。

「千歳がしてほしいこと、なんでもしてあげる」

「じゃあ、今日はもうなにもしないでほしい」

ちゅぷ。

「私のことは抱きたくない？」

「抱けない、だよ」

かぷ。

「いまはまだ心まで愛してくれなくていいから」

「……やめようぜ」

ちゅ、ちる。

「せめてこの夜は身体だけでも愛して」

「怒るぞ、七瀬がそれを言っちゃ駄目だ」

「――ッ」

焦れったくなって、私は思いきり千歳の両肩を突き放す。

「いまだけは、気取ったお行儀のいい台詞なんて聞きたくないッ！」

そのまま頬を両手で包むこみ、とろんと甘い息を漏らす。

「ねえ千歳、ちゃんとキスしよう？
私の身体もたくさん愛して？
いっぱい舐めて、いっぱい触って？
私の中にあなたをちょうだい？」

言いながら、私は千歳の手をとって自分の胸へと導いていく。


「女の子がここまでしてるんだよ？

お願い、私に恥をかかせないで」


あともうほんの数センチであなたの指先に触れてもらえるところで、

「違うよ」


はっきりとそう言って、固く拳（こぶし）が握られる。

まるで千歳の意志そのものみたいに、私がどれだけ力を入れたところでぴくりとも近づいてはくれない。

あと少しなのに、いまさら引き返せないのに。

心と身体はもう、受け入れる準備ができているのに。

千歳がそっと丁寧に、だけど有無を言わせない様子で私の指を引き剝（は）がしていく。

そのたびにあなたとの距離が遠ざかっていくようで、切なさと不安に胸が張り裂けそうだ。

……一本、二本、三本、四本。

そうして拘束の解けた手を私の頬（ほお）に添え、真っ直（まっす）ぐに見つめてきた。

違うよ、と念押しするようなつぶやきが漏れる。

あなたはお祭りの夜にふたりで覗（のぞ）いたビー玉みたいに澄んだ眼差しで、

「――いまここで俺が受け入れてしまったら、七瀬悠月が恥をかく」

どこまでも千歳朔（ヒーロー）らしく言った。

「え、あ……」

その、瞬間――――。

あなたと過ごしてきた日々が、交わした会話が、隣にいてくれた夜が、過去形になってしまった名前が、偽物だった恋が、いつか本物に変わった恋が、一輪挿しの心が、私だけの皐月模様が、あの日見上げた悠な月が、

――身体には指一本触れず心にだけ触れてくれたあなたが。

まるで走馬灯のように脳裏を駆け巡り、

――私はただただ、自分を恥じた。

ぽろり、と大粒の涙が頬を伝う。

『怒るぞ、七瀬がそれを言っちゃ駄目だ』

さっきはお行儀のいい台詞だなんて流してしまったけど、違う。

千歳の声色には本気の憤りとやるせなさが籠もっていた。

まるであの日、この部屋のこのソファで叱ってくれたときのように。

いまさらになってようやくその理由に気づく。

——心を求めない、身体(からだ)だけの関係。

——同意を必要としない、一方的な欲望の押しつけ。

培ってきた関係性とやさしさにつけ込んで私がやったことは、——夢にうなされるほど嫌悪していたあの男と同じじゃないか。

ああそうか、とそれですべてを悟る。

なにが私の本気だ。
なにが魅せてあげるだ。
なにがナナだ。
なにが鏡よ鏡だ。
なにが毒りんごの魔女だ。

いまの私は、嫉妬に狂って凶行へ走ったお妃さまそのものだ。

美しく生きられないのなら、死んでいるのとたいした違いはない。

私が狂おしいほどに愛してやまなかった七瀬悠月という女は、

——この夜に、死んだ。

「あ、あ……」

醜い、と震えるように自分の身体をかき抱く。

さっきまであれほどまでに火照っていた心が、凍えるほどに冷めていく。

ぽろぽろ、ぽろぽろと、身勝手な涙が溢れて止まらない。

滲んでいく視界のなかでふと、どこまでもやさしく目尻を下げているあなたを捉えた。

その首筋では私が残した毒々しい紅が痛々しい似紫へと変色し、頬も、耳も、あちこちが唾液でぬめぬめと濡れていた。

「……汚い」

知らずにぽつりと漏らし、無意識のうちにあたりを手探る。

どうしよう、早く拭(ふ)き取らなくちゃ。

私はふらふらと手を伸ばし、そのまま千歳(ちとせ)の頬(ほお)を、首筋を、耳を、指先で擦(こす)っていく。

「汚い、汚い」

必死になって自分の痕跡(こんせき)をもみ消そうとするように、罪を償おうとしているように。

「七瀬(ななせ)……」

だけど擦れば擦るほど汚い私が余計に広がって塗り込められてしまうようで、

「うっ、つぅ、ごめんなさい」

まともにあなたの顔を見ることができなかった。

「美しいあなたを、汚してしまってごめんなさい」

ずび、ずび、と鼻をすすりながら、子どものように泣きじゃくって手を動かす。

「げほっ、えほっ」

「七瀬」

その先に続く言葉が怖くて、私はぶんぶんと首を横に振る。

「ちゃんときれいにするから」

「七瀬」

ぽた、ぽた、ぽた、と履き慣れないスカートに黒い染みが広がっていく。

「ねえ千歳(ちとせ)、もう一回お風呂に入ろう?」

「七瀬(ななせ)」

千歳がそれ以上なにか話した瞬間にすべてがおしまいになってしまうんじゃないかって。

「それで私、きれいに洗うから」

「七瀬」

恐くて、怖くて、こわくて——。

「っごめん、嫌だよねそういう意味じゃなくて」

「七瀬」

私はただやみくもに言葉を続ける。

「私、なんでもする」

「七瀬」

かたかたと震える指先で千歳の頬(ほお)を拭(ぬぐ)いながら、

「しばらく話しかけるなって言うなら話しかけない」

「七瀬」

懇願するように涙声をしぼりだす。

「演劇の役も陽(はる)かうっちーに頭を下げて交代してもらうよ」

「七瀬」

こんなことを言う権利も資格も自分で捨ててしまったことはわかってる。

「いつか許してくれる日まで、もう二度とこの家には来ないから」

「七瀬(ななせ)」

だけど潔く身を引いてしまうにはあなたの存在があまりに大きすぎるから。

「だからお願い」

っぐ、っひ、と嘔吐(えず)くように泣きじゃくりそれでも一縷(いちる)の望みをかけて——。

「私のこと、どうか嫌わないでください」

恥も外聞もなく、あなたの胸に顔を埋めてすがりつく。

「まだあなたの人生から私を消さないでください」

そうして懇願するように、呻くように嗚咽を漏らすように。

「……嫌わ、ないでぇ」

「――七瀬悠月ッッッ」

ぴしゃりと、頬を打つように千歳が言った。

ああ、ここまでだ。

その拒絶するような声に、私は覚悟を決める。

一年生の頃から長い時間をともに過ごしてきたわけでもない、日常に寄り添っているわけでもない、スポーツを通じて固い絆で結ばれているわけでも幼い頃からの憧れでもない。

それでも私が千歳のそばにいられたのは、同類だと思ってくれていたからだ。

それでも私をこの家に入れてくれていたのは、勘違いして踏み越えてきたりしない相手だと信じてくれていたからだ。

——似たもの同士。


それでもあなたのそばにいられるたったひとつの言い訳さえ、この夜に手放してしまった。

いまの私は、特別な繋(つな)がりも、お返しできるものも持っていないくせして、ちょっと優しくされただけで舞い上がって無遠慮に千歳朔(ヒーロー)を消費する名もなきその他だ。

きっとこれまでもこれからも、あなたの人生にたくさん現れて、やがて通りすぎて、ほどなく忘れられていくひとり。


どこで間違っちゃったんだろう。

私はただ、一途な恋をしたかっただけなのに。


あの屋上で打ちのめされたときだろうか。

隠していた女を使うと決めたときだろうか。

美しさから目を背(そむ)けたときだろうか。

それとも美しさをはき違えたときだろうか。

本当はどこかで気づいていた。

けっきょくはこれもまた、偽物だったんだ。

研ぎ澄まされた覚悟を突きつけられて、焦りからあり合わせの小手先だけでそれらしく演じてみせただけ。

借りものの紅では、あなたの心を染められなかったな。

だけどっ、と私は目をつむり、大粒の涙が頰を伝う。

——こんな終わり方は、やだよぉ。

美しいあなたが好きだった。

その隣に相応しいぐらい美しい自分で在りたいと思っていた。

鏡映しでいられることを誇っていた。

あなたに汚いって思われるのだけは、それがあなたに残る最後の私になっちゃうのだけは。

「やだ、よぉ……」

「汚くないよ」

そっと、千歳の温かな指先が頬に触れた。

「え……？」

かけられた言葉の真意を探るように怖ずおずと顔を上げると、

「汚くない」

もう一度そう繰り返して、どこまでもやさしい眼差しで困ったように微笑んでいる。

「だからそんなに哀しいことを言わないでくれ」

まるで運命線をなぞるみたいに、千歳が親指でそっと涙を拭ってくれた。

そのまま不意に私の下唇へ触れ。

「んっ」

さらりと内側を撫(な)でていく。

とっさのことで性懲りもなく浮ついてしまった声を恥じ入るように慌てて口を開くと、

「ご、ごめんなさっ」

——ちゅぽ。

千歳(ちとせ)が湿ったままの親指をためらいなく口に含んだ。

「——ッッ」

私は思わず息を呑(の)んでその手を摑(つか)む。

涙はともかく、まだ私の唾液もついたままの指だ。

せっかく拭ってもらったのにまた目の端から哀しみが溢れてくる。

「やめて千歳っ」

必死に手を引いても、やっぱり千歳の意志そのものみたいにぴくりとも動いてはくれない。

「お願い、汚いからぁ」

——ちう、ちゅう。

そうしてパピコでも食べてるような気軽さで吸っていた指をちゅぽっと取り出し、

「ばーか」

へへっと照れくささを誤魔化すように笑った。

「言ったろ、汚くないって」

千歳が淡く目尻を下げて穏やかな声で続ける。

「七瀬を汚いなんて思ったことは一度もないよ」

咥えたのとは反対の親指でもう一度私の涙を拭いながら、

「——身体も、それから心も」

まるですべてを見透かしているみたいに言った。

「あ、あぁ、っ……」

ま、また、と思う。

またあなたは、その心をないがしろにして千歳朔(ヒーロー)で在ろうとしてくれている。

私の弱さまで背負って全部なかったことにしようとしてくれている。

あのとき、守られるだけだった自分を狂おしいほど歯がゆく思ったはずだったのに。

あろうことか、今度は私があなたを傷つけてしまった。


——絶対に認められなかった男と、同じやり口で。

だからいまはそのやさしさが、痛くていたくて、この夜に消えてしまいたかった。

「ごめん、なさい」


もう一度だけ心から頭を下げて、私は転がるようにソファから落ちた。

がつんとしたたかにひざ小僧を打ちつけ、ふくらはぎと太ももの両方向に痺(しび)れが走る。

気づけば、深いスリットの入ったスカートがみっともなくはだけていた。

ワンショルダーのストラップが肩までずり下がり、最後まで触れてはくれなかった胸元が所在なさげに晒(さら)されている。

愛する男の前でこんなにも無様な痴態をさらしていたのかと、いまさらながらに羞恥心が
こみ上げてきた。
スカートの乱れを直し、ストラップを正して立ち上がったら、行き場を喪った自分の惨めさ
にまたじくじくと涙が滲んでくる。

――私、ばかみたいだ。

そうして不意に、もうひとつの本音がくすんと寂しそうに泣いた。
ああそうか、と私は唇を噛む。

――本当は少しだけ、期待してたんだ。

あなたの心に触れるためとうそぶきながら、女を使うのはただの手段に過ぎないと割り切っ
た顔をして、未遂で終わっても意識してもらうことに意味があるのだと誤魔化すように、いま
はナナだと言い訳しながら。

――もしかしたら受けて入れてくれるのかもしれないと、どこかで浮ついていたんだ。

だからあなたの好きな青色の映える下着を新調して、手足の爪を整えて、うなじまで抜かりなく処理をして、身体を隅々まで丁寧に洗って、時間をかけて歯磨きして、ウエストにつけた香水を手首と首筋にお裾分けして、いつもよりリッチなリップを塗って、そのままお泊まりできる支度までしてきて、先に起きたらコーヒーをいれてかりかりのベーコンと目玉焼きを焼こうだなんて考えていた。

——こんなはずじゃなかったのにな、と胸をかきむしりたくなる。

いくら今日はそのつもりで来たからといって、もう少し品のいい誘い方というのがいくらでもあったはずだ。

千歳の反応を探りながら際どい手遊びの範疇で引き返すことだってできた。

扇情的な挑発にしたって嗜みというものがある。

だというのに、いざ踏み越えたら情欲に駆り立てられるがまま、さかりのついた獣みたいにがっついて、昂ぶって、

——文字どおりひとりでよがって。

はしたない女だと思われただろうか。

劣情ひとつしつけられない女だと呆れられただろうか。

私の甘ったるく上ずった声を聞きながら、
もしかしてあなたはずっと硬い表情をしていたんだろうか。
もしかしてあなたはずっと醒めた目をしていたんだろうか。

——私、ばかみたいだ。


ぎゅっと目をつむり、痛いほどに拳を握りしめながらもう一度思う。

夢見がちの仄かな期待はあったとしても、冷静な頭では本当にこの夜ひとつになれる可能性なんてほとんどないとわかっていた。

いくら私の女を惜しみなく使ったところで、あのややこしい男は自分の気持ちに名前もつけないままでそう易々と場の雰囲気に流されたりしないだろう、と。

だから遅かれ早かれ、説き伏せられるか叱られるかの違いこそあれ、最後まで受け入れてくれないことは覚悟していたはずなのに。

――愛する男に関係を拒まれることが、こんなにも苦しいなんて思っていなかった。

まるでお前には魅力がないと言われてるみたいで。
まるでお前をそういう目では見られないと諭されてるみたいで。
まるでお前じゃ反応しないと謝られてるみたいで。

――これまで培ってきた女としての矜持が音を立てて足下から崩れてしまいそうだ。

なんて、過ちを棚に上げてまだ千歳の心より自分の心を眺めていることにも嫌気が差す。
七瀬悠月は、この夜に死んだ。
ここで私の舞台は幕引きだ。

「――ッッッ」

そうして耐えがたい空虚な沈黙から目を背けるように玄関へ向かって駆け出すと、

「――七瀬ッ」

強く腕を引かれて、

「まだ行くな」

後ろから両腕でぎゅっと抱きしめられた。
ほんの一瞬、追いかけてくれたことに安堵してしまった自分が、引き止めざるを得ないと知りながらその気のない別れを切り出す安っぽい女みたいに思えて、

「離してっ！」

叫びながら必死に身をよじる。

「落ち着いてくれ、七瀬」

千歳（ちとせ）が耳元でやさしい声を出す。

「いやッ」

私はそれを拒絶するように首を荒っぽく横に振る。

「どうしてっ、千歳にこんなひどいことしたのに」

声を荒げる筋合いなんてどこにもないことを知りながら、本当はこのやさしさに甘えて何度だって許しを請うべきだと自覚しながら、それでもむき出しになった感情が止まらない。

「抱いてもくれないくせに、中途半端なやさしさで私に触れないでよッッッ！」

絶対に言ってはいけない台詞（せりふ）を吐き捨て、私を包（くる）んでくれていた腕がびくっとこわばる。

「っ、ごめん、でも……」

千歳（ちとせ）はもう一度ぎゅっと力を込めて、

「――ナナを抱くことはできないけど、七瀬悠月を抱きしめることぐらいはできる」

まるですべてを赦（ゆる）してくれるような声で言った。

「っ、千歳ぇ」

それでようやく、私は罪の意識を取り戻す。

こんなんじゃ丸っきり情緒不安定でめんどうくさい女みたいだけど、

「……ごめんね、ごめん」

抱きしめてくれている腕を震える両手で握り、悔いるように額をつける。

「最低なやり方であなたを穢(けが)してごめんなさい」

ふっと、千歳のこぼした笑みが耳に触れた。

「穢れてないよ、もう一度証明しようか?」

言いながら唇に近づいてくる指を見て、慌ててぶんぶんと首を横に振り、あなたの腕にそっとすがりつく。

「……だけど私、っ、あの男と、同じになっちゃった」

千歳が片方の手をやわらかく私の頭に添えた。

「同じじゃないよ」

そうして指先で慈しむように髪の毛を梳きながら、

「――七瀬はこれまでずっと、心にだけ触れてくれていただろ」

私が隠していた月を夜空へ飾り直すみたいに言った。

きゅうっと、胸の奥が締めつけられて苦しくなる。

「っ、本当にっ？　同じじゃないっ？
あなたをどうしようもなく傷つけてしまっていない？」

「ばかだな、今日の七瀬は」

千歳はそう言って、そっと自分のあごを私の肩にのせた。

「想いを寄せてる女に迫られて傷つく男はいないさ」

「っ、ちと、せぇ……」

額面どおりに受けとったら、勘違いしても仕方のない台詞だ。

だけどきっと、相手が私だから。

その言葉に込めた想いを正しく汲みとるはずだと信じてくれたから。

――私のために、あえてそういう言い回しをしてくれた。

まだ残っていたその信頼が、いまはただただ温かかった。

へなへなと力が抜けて、私はその場へしゃがみ込む。

千歳(ちとせ)は三日月の照明を消してからいっしょに腰を下ろして、壁に背中を預けた。

まだ後ろから抱きしめられているせいで、その胸へもたれかかるような姿勢になる。

後頭部にふとあなたの鼻先が触れて、少しだけくすぐったい。

軽くひざを曲げた脚が、私を囲うように投げ出されている。

マフラーみたいに包(くる)んでくれる腕の温(ぬく)もりが、じんわりと心に染みた。

とく、とく、とく、と心臓の鼓動が穏やかに整っていく。

月明かりだけが差し込むリビングで、チボリのスピーカーからはNorah Jonesの『Shoot The Moon』がただ静かに流れ続けていた。

あーあ、と私はため息まじりに弱々しい声を出す。

「明日から千歳の、みんなの顔をまともに見れるかな」

ふっと笑った千歳の息がかすかに髪の毛をくすぐる。

「夜は閉じられているんだろう？」

逆上(のぼ)せていたときの台詞(せりふ)がちょっと照れくさくて、私はぽつりとうなずく。

「……うん」

だったら、と千歳がどこか自嘲気味に続けた。

「これはふたりきりの秘めごとだ」

そっか、と私も同じように自嘲して口を開く。

「はしたない女も」

「情けない男も」

こういうところだ、と思わず心のこわばりが解けていく。

またあなたはそうやって、いつのまにか私の、、、問題を私たちの、、、問題にすり替えてしまう。

千歳が少しだけ腕に込めた力を強める。

「その、聞いてもいいか?」

なんのことかはさすがに確認するまでもない。

私はマフラーで口許を覆うように、千歳の腕へ頰を寄せながら言う。

「女にも抱きたくなる夜があるの」

「男にも抱かれたくなる夜があるように、か」

まだ、似たもの同士でいられるのかな。

迷わず返ってきたその台詞に、どこかほっとして目を細める。

そうして私たちは、千歳朔と七瀬悠月に戻ってくすくす笑った。

肩を揺らすたびにふたりの香りが混じり合って夜を漂う。

ゆっくりと重なる鼓動は、隣り合わせの秒針みたいだ。

ねえ、とほとんど知らずのうちに口を開く。

「私からも意地悪な質問してもいい？」

「お手柔らかにな」

私はそっと千歳の腕を撫でながら続ける。

「どうしてもっと早く拒まなかったの？」

ぴくっと、背中越しに動揺する気配が伝わってきた。

「……それは本当に、意地悪な質問だ」

ふふ、といたずらっぽく笑って言葉を返す。

「どうせ、答えは夜に置いていくから」

その言葉に、観念したようなため息が漏れた。

「七瀬、この服よく似合ってるよ」

「いまさら？」

「ずっと目を逸らしていたからな」

「あなたを想って買ったんだよ」

「だからさ」

千歳が少しだけ腕を緩め、少しだけ甘えるみたいに私のうなじへと頬を寄せる。

「俺も男だ、まして相手は七瀬だ」

あなたのつんと高い鼻先が肌に触れて、ちゃんと処理しておいてよかったな、と場違いにそんなことを思う。

「動揺しなかったと言ったら嘘になるよ」

淡々と、まるで自分と語らっているように続ける。

「あんな状況で平常心を保てるわけがないだろう」

束の間、千歳が言いよどんですんと鼻を鳴らす。

「……理性を手放しかけた瞬間だって、あった」

そっか、と私は少しだけ救われた気持ちになる。

「このまま夜に溺れてしまおうかなって」

千歳はどこか恥じ入るようにそう漏らす。

「七瀬が言っていたように、もしかして俺たちだったらそういう線の引き方だってできるのかもしれない」

昼と夜、心と身体の境界線。

「楽になれるのかなって、考えた」

だけど、とゆっくり息を吐き、背中越しの胸が大きく上下する。

「余計に苦しくなるんだよな。

俺も、七瀬も」

そうして怯えるようにか弱い声でぽつりと漏らす。

「きっと身体を重ねた分だけ、恋がすり減っていくよ」

さす、と衣擦れの音が静かに響く。

「それに、本当は七瀬自身もこんなことは望んでいないように見えた」

「え……？」

思わず私が反応すると、なんでもないことのように言う。

「だから最後の最後まで逃げ道は残しておいてくれただろう？
たとえそれが、答え合わせの不安と裏表だったとしても」

「っ……」

なにより、と千歳が切なげにしんしんと続ける。

「この夜を受け入れてしまったら、俺の大好きな七瀬悠月がナナから帰ってこられなくなる気がしたんだ」

そうして千歳（ちとせ）はまるで繋（つな）ぎ止めようとしているみたいに、

「——あの日から俺の心のなかにいるのは、七瀬悠月なのに」

手繰（たぐ）りよせようとしているみたいに強く私を抱いた。

「ちと、せ……？」

思わず振り返りそうになると、まるでそれを押しとどめるようにそっと頬（ほお）を重ねてくる。
いまはこっちを見ないでくれ、そう言っているみたいに。
千歳の心のなかに夕湖（ゆうこ）がいることは知っていた。
うっちーも、陽（はる）も、西野（にしの）先輩も、もちろん私だって、と——。

願うように信じてた。

祈るように気づいてた。

望むように知っていた。

だけど、こんなふうに、

——大好きな、とあなたが言ってくれた。

——心のなかにいる、とあなたが言ってくれた。


ぽろり、と先ほどよりもずっと温かい涙がこぼれる。

私とあなたの頰が重なるところに小さな水溜まりが生まれ、そこから溢(あふ)れてふたりのあいだを伝っていく。

どれだけ強がってみせたところで、本当はずっと不安だった。

もしかしたら、特別な繋がりもお返しできるものもない自分は、ただ一方的に救われた女だけは、その心に居場所がないんじゃないかって、そんなふうに。

だからこそ、

――あなたの唇に触れた言葉が、どんな口づけよりもうれしかった。

ちゃんといた、私も。
ちゃんとあった、私の居場所。
ちゃんと伝えてくれた、あなたが。
ちゃんと名前をつけたい、あなたと。

「なあ七瀬(ななせ)？」

「っ、はい」

不意に名前を呼ばれて、思わず声が上ずってしまう。
ぎゅむっと、私に回していた腕をほどいた千歳(ちとせ)がそのまま両頰(ほお)を挟んでくる。

「いい女だろ、七瀬悠月だろ？」

「――っ」

それはいつか、迷うあなたの背中を押すために紡いだ言葉。

「ここ最近の七瀬がいくら夕湖みたいだったとしても、明日姉みたいだったとしても、優空みたいだったとしても」

ああ、やっぱり。
そのぐらい、あなたにはお見通しだったよね。
まだやまない私の涙を両手でそっと拭いながら千歳が続ける。
「七瀬は夕湖じゃないし、明日姉じゃないし、優空じゃない。もちろん陽でもなければ、ナナでもない」
どこまでいっても鏡は鏡。

「だから頼むよ、他の誰かみたいになろうとなんてしないでくれ」


だけど、と私は知らず唇を噛(か)みしめる。

鼻をすすったら、ずびっと情けない音が響いた。

そうしてぐずるような涙声のまま、

「そんなのわかってるよ、でもっ――」

ぎゅっと、あなたの腕にしがみつく。


「七瀬悠月(ななせゆづき)のままじゃ、いつまで経っても届かないの。

美しく在ろうとするかぎり、あなたのためにすべてをなげうてないの。

七瀬悠月の正しさは、私の正しさじゃない。

きっと後悔するよ。

周りの目なんて顧みなければよかった、傷つけることを厭(いと)わなければよかった。出し抜くことを躊躇(ためら)わなければよかった。

逃げ道なんか残さずにあなたを抱いてしまえばよかった」

口にしてしまったら、私がなにに打ちのめされ、なにを考え、なにを決意して今日ここへ来たのかという未練がまたふつふつとこみ上げてくる。
友情も同情も温情も哀情も七瀬悠月さえ置き去りにすると誓ったはずなのに。
せっかく踏み出した一歩を引っ込めたら、また同じことの繰り返しなんじゃないだろうか。
運命の気まぐれに自分の力であらがえなくなってしまうんじゃないだろうか。

「七瀬……」

「ねえ、千歳？」

ぽた、ぽた、と千歳の腕に涙の痕を残しながらかすれた声で言う。

「いまの私が間違っていると言うのなら。
それでも千歳朔は七瀬悠月を抱きしめてくれるのなら。
変わらないでほしいと望んでくれるのなら」

一度言葉を句切り、っくと喉を鳴らして続けた。

「私に、道しるべをちょうだい？」

ごめん、と小さなつぶやきが漏れる。

「いまの七瀬が正しいのか間違っているのかはわからない。きっとそれも、誰かにとっての美しさではあるんだと思う。だから俺には、俺の心を伝えることしかできない」

短いしゃっくりみたいな嗚咽をこぼし、私はその言葉を繰り返す。

「あなたの、心」

「ひとつだけ、確かなこと」

千歳はもう一度やさしく腕を回し、

「――俺は七瀬悠月で在り続けようとする七瀬悠月に惚れたんだ」

ぎゅっと、夜の海で離ればなれにならないように抱き寄せてくれた。

しんしん、しんしんと、純白の涙が積もっていく。

ああ、それは、その心は、

――私にとって、いちばん確かな月明かりの道しるべだ。

あなたが求めてくれるなら、

──それこそが七瀬悠月の存在理由だ。

だからきっと、と千歳が泣きだしそうな声で言う。

「……変わらなきゃいけないのは、俺のほうだ」

私がそっと手を重ねると、すがるようにぎゅっと握り返してくる。

「七瀬にこんなことさせてごめん、美しい生き様を追い詰めてごめん。全部わかってるよ、自分のせいだってこと」

苦しそうで切なげなため息ひとつに、あなたの誠実な想いが籠もっていた。

「それでも、この気持ちに名前をつけるのだけは最後の最後にしたいんだ」

つつうと、私のうなじを一粒の雫が流れる。

「過ごした時間を丁寧になぞって、繰り返し心と照らし合わせて、ふたりで迎えるいつかを想像して、ふたりで迎えられないもしもにひとつずつ鍵をかけて、やっぱり間違ってるんじゃないかと取り出して、夜がくるたび向き合って、朝がくるたびまたやり直して、そんなふうに悩んで悩み抜いてから、永遠（とわ）を誓うように両手でそっとすくい上げたい」

その声色に、確かな真心を宿しながら。

「一度名前をつけたら、二度と上書きしないために」

千歳はまるで咲き散る花びらを見送るように、

「——次の桜が咲くまでには答えを出すよ」

さよならの予行練習みたいに言った。

「もう少しだけ、待ってほしい」

だから私は、まるでこの気持ちにつけた名前を上からなぞるように、

「うん」

ここから最後の恋をはじめるみたいに答えた。


からんと、ふたりきりの心が転がる。

しゅわっと、ラムネのビー玉を沈めたみたいに夜の空気が抜けていく。

千歳(ちとせ)の身体(からだ)からこわばりが消え、いつのまにか私の涙もやんでいた。

ぷくぷくと、どちらからともなく泡沫(うたかた)のような笑いがこぼれる。

そうしてせっかくふたりで上手に引き直した線を、いたずらに半歩だけ踏み越えるみたいに
私は口を開く。

「ねえ、千歳(ちとせ)?」

ぴくっと、千歳の肩がこわばる。

「あのそれ、だんだん恐くなってきたんだけど……」

さすが、わざと同じ切り出し方をしたことに気づいたみたいだ。
背中越しだから見えないけど、きっと口の端をひくひくさせてるんだろうな。
そのご期待へ添うように私は続ける。

「最後にもうひとつだけ聞いてもいい?」

ふっと短いため息みたいに笑って千歳が言う。

「くれぐれも、お手柔らかにな」

私は媚びるようにとびきり上ずった甘い声で、

「──ねえ、私に反応、した？」

つつうと、無造作に投げ出された脚のひざ小僧を撫でた。

「おい」

千歳がすかさず乾いた声でつっこんでくる。

「ナナがあれだけ恥をかかされたんだよ。
それぐらいは私に教えてくれたって、いいでしょう？」

「だったらせめてナナに代わってくんねえかな」

これは千歳朔（ちとせさく）と七瀬悠月（ななせゆづき）が演じるいつもの手遊びだ。

たとえそこに本音を一滴滲（にじ）ませているとしても、いや、本当はいつだって滲ませているからこそ――――。

まったく、と背中越しに千歳ががしがし頭をかく気配が伝わってきた。

ほらね、やっぱりあなたは誘いを受けてくれる。

ああでもないこうでもないと試行錯誤するような空白のあと、やたら真面目（まじめ）くさった口調で千歳が切り出す。

「七瀬、それなら俺からもひとつだけお願いがあるんだ。

聞いて、くれるか……？」

「聞くよ、あなたの願いなら」

私が調子を合わせて応じると、重大な秘めごとを打ち明けるように深く深呼吸をして、

「――いいか絶対にそれ以上は腰を後ろに引いてくれるなよ千歳朔の沽券（こけん）に関わるッッッ！」

めちゃくちゃまぬけな早口で言った。

その意図を汲み取った私は、吹き出しそうなのを堪えながらだんまりを決め込む。

一秒、二秒、三秒……。

先に耐えきれなくなった千歳がとんとんと肩を叩いてくる。

「……あ、あの、なんか言ってくれません？」

そうして手探りの焦れったい時間をたっぷりお返ししたあとで、

「……ふふっ、よくできました」

後ろは振り返らずに腕だけ伸ばしてよしよしとあなたの頭を撫でた。

ぷはっ、と千歳が答案用紙に花丸をもらったみたいな息を吐いて言う。

「ったく、だいなしじゃねえか」

「こんな夜を締めくくるには冴えないジョークが必要でしょう？」

「お行儀の悪い下ネタって言うんだよ、いまのは」

もしかしたら、と唇の端を上げる。

またあなたは私を気遣って、かたときの道化を演じてくれているのかもしれない。

またあなたは自分を下げて、私を立ててくれているのかもしれない。

それでもいい、といまだけは思う。

もしもあなたが私なら。

もしも千歳朔と七瀬悠月が鏡映しなら。

きっと真実を知ったら深く傷つけてしまう嘘は吐けなくて。

きっと本音を一滴ぐらいは、滲ませてくれているはずだから。

よいしょ、と私は身をよじって姿勢を変える。

千歳がぎょっとしたように口を開いた。

「おいばか話聞いてたか？」

「身体を横に向けただけだもん」

「屁理屈やめろ」

「さすがにほとぼりも冷めたでしょ」

「まだ燠火なんだっつーの」

「棒を使ってふうふうしてあげようか？」

「含みのある言い方よせ」

「焼けぼっくいに火をつけろ！」

「終わりだよもう」


匙を投げるみたいな言葉に、ふたりでぷっと吹き出す。

ひらひら、くるくると、夜の片隅で踊るように重なって揺れる。

きれいな吐息、きれいな声、きれいな笑み、きれいなあなた。

失いそうになったものの輪郭を確かめて、今度こそ汚さないように心へ包んでいく。

ひとしきりそうしたあとで、私はそっと千歳の胸にしなだれかかった。

そのまま軽く頬ずりするように身じろぎして、収まりのいい場所を探す。

千歳もいまさら野暮なことは言わず、抱きしめるというよりも包み込むみたいにやわらかく腕を回してくれる。

どのみちもう、女と男には戻れない夜だった。

とくん、とくん、と落ち着きを取り戻した鼓動に耳を澄ませながら口を開く。

「はじまるね、私たちの学祭」

「最初で最後の、俺たちの」

「文化祭、いっしょに回ってくれる？」

「もちろん、毒のないりんご飴でも探してみよう」

そっと、私は千歳の胸に手を当てる。

「名前をつける、その前に」

「名前をつける、そのために」

指先に触れる体温を感じながら、ふと千歳から聞いた蔵センの話を思いだす。

『生き様を選ぶ、か……』

『誰の隣でどう在りたいのか、とても美しい恋の言い訳だと思う』

七瀬悠月に戻ったいまの私なら、やっぱりその言葉に共感できる。

もしも男を選ぶことが自分の生き様を選ぶことなら、

――七瀬悠月は千歳朔の隣でどう在りたいんだろう。

それから、と千歳のシャツをそっと握り、裏表のように想う。

――千歳朔は七瀬悠月の隣でどう在れるんだろう。

しんしんと、閉じられた夜が更けていく。
窓から差し込む月明かりが、寄り添う影を銀幕みたいに映し出す。
似たもの同士の瞬きが、目合うように重なった。

あなたがそっと私の髪を梳(す)くと、せらせら暗がりがせせらぐ。

呼吸を合わせて膨らむ胸の内が、ゆりかごみたいに揺れている。

首筋に残した似紫(にせむらさき)は、青(あなた)と赤(わたし)を染め重ねた切ない二藍(ふたあい)色に移ろいでいた。

いつのまにか絡めた互いの指先が、カーテンの裏で交わすないしょのキスみたいに焦(じ)れったく求め合い続け、それでも契りは結ばずに。

溺(おぼ)れてはくれなかった夜に背中を向けながら、溺れてしまった夜に抱かれながら。

毒りんごの皮を一枚に繋(つな)げて剝(む)くように、夜這星(よばいぼし)を見送るように、あなたがなぞってくれた運命線を赤く染めるように、想う。


鏡よ鏡。

——たとえば私が、悠な月だったなら。

あとがき

お久しぶりです、裕夢です。

途中から軽度のネタバレを含みますので、本編後にあとがきを読むことをおすすめします。

まずは七巻のあとがきで触れていた「このライトノベルがすごい！２０２３」について。

チラムネは本当にあと一歩の僅差で二位という結果になりましたが、それと同時に、未アニメ化作品としては史上初となる殿堂入りを果たしました。

三連覇を逃したことは素直に残念ですが、対象となった六・五巻、七巻ともにこれ以外は考えられなかったと胸張れる一冊が書けたので、もっとああしておけばよかった、こうしておけばよかったという後悔のようなものは少しもありません。

応援してくださったみなさま、本当にありがとうございました。

ひとまずこのラノを舞台にした挑戦は幕引きとなりますが、これからはシリーズの後半に向き合いながら、変わらぬ熱量でチラムネを書き続けていきたいと思います。

さて、最後までお読みになっていただいた方は（そして察しのいい方は目次を見ただけで）お気づきかもしれませんが、今回はチラムネとして初めて八巻と九巻の上下巻構成としました。

「五巻と六巻も上下巻では？」とか、「七巻も含めた上中下巻では？」と思われる方もいらっしゃるかもしれませんが、少なくとも自分のなかでは明確な違いがあります。

五巻、六巻、七巻はそういう一冊として、四章構成で僕なりに納得のいく結末までを描ききっています。だけど今回の八巻はご覧いただいたように二章まで。端的に言ってしまえば、二章でこのページ数かつまだ学祭が始まっていないとなると（自分でも本気で驚いた。今回は思いっきり学祭回のつもりだったのになんでまだ始まってないの？）、最後まで書き切ろうとしたらとんでもないボリュームになってしまうということで、本来なら一冊に収めたい物語をやむを得ず二つに分けた、というのが八巻と九巻になります。

正直に言うと、自分のなかでけっこうな葛藤(かっとう)がありました。

七巻のあとがきでも触れたように、これまでチラムネは「一冊を読み切ったときの満足感」に強いこだわりをもってきたからです。当然ながら僕の目指す満足感は起承転結の「結」までを読んでもらって初めて完成するものなので、途中で切ることにかなり抵抗があったのは事実です。ただしその一方で、巻を追うごとにどんどん増え続けるページ数を懸念していたというのもまた事実です。

というのも、書店にシリーズが並んでいたとき、あまりにも視覚的な圧（つまりは本の分厚さ）が強すぎると、新規読者の参入障壁が高くなってしまうからです。

これは僕自身もそうですし、きっとみなさんにもご理解いただける感覚だと思うのですが、新しいシリーズを読み始めようと書店へ向かったとき、後半にいくにつれて分厚さが増していくのを見ると、ちょっと手を出しにくくなりませんか……？

六巻や七巻でさえライトノベルとしては相当厚い部類に入るのに（なお、上には上がいることは承知していますし、そういうシリーズに対して意見する気はいっさいありません。あくまでも僕が書いているジャンル青春ラブコメとしてのチラムネにおける話ですので、念のため）、これ以上際限なしに増え続けたら、本好きを自負する僕がイチ読者だったとしてもやっぱり躊躇（ちゅうちょ）すると思います。

もちろん、熱烈なファンの方から「どれだけ分厚くなってもいいから最後まで一気に読ませてほしかった」という意見が出ることは想像できます。けれど六巻あたりからは、チラムネが好きで追いかけてくれている読者の方からも、「買ったはいいものの分厚くてなかなか手を着けられず半年寝かせてしまった」などの声が聞こえるようになっていました。

自分のこだわりが読者を遠ざけてしまうのは望むところではありません。

加えて、一冊が八〇〇ページや一〇〇〇ページになってしまうと（あくまでもたとえです。九巻がどのぐらいの長さになるかはまだわかりません）、僕の執筆速度では年に一冊しか新刊が出せなくなってしまう可能性があります。

だったら二冊に分けてイラストも二倍になったほうが最終的にはみんな幸せになれるだろう、と今回の決断に至りました。

今後はシリーズ最長である六巻のページ数をひとつの目安にして、それを越えたら素直に分冊するというのを基本的な指針にしたいと思います。

そんなわけで、僕のなかでは八巻と九巻を合わせてひとつの物語として描いているので、九巻が出たらぜひ八巻から続けて読んでもらえるとうれしいなというのが作者としてのささやかな望みです。

これもまたいっさい根拠のない話ですが、シリーズ後半はもしかすると上下巻構成になっていくのかもしれませんね（僕のページ数管理はざるなのでまじで根拠はない）。なお、制作陣にかかる負担が大きすぎるので、今後も基本的に上下巻同時発売にするつもりはありません。続きを楽しみに待つのもシリーズを追いかける醍醐味と思っていただければ幸いです。

九巻は今回ほどにはお待たせせずにお届けできると思います、次こそは学祭編！

それでは謝辞に移ります。

イラストレーターのraemzさん、今回も僕の思い描いていた最高の七瀬悠月をありがとうございました！　カバーは鳥肌が立ちましたし、口絵は尊すぎてなんだか泣けてきました。

担当編集の岩浅さん、分冊の決断を後押ししてくれてありがとうございました。これを機に、制作陣の心身に負担のかからない制作体制を目指します。

そのほか、宣伝、校正など、チラムネに関わってくださったすべての方々、なによりこのラノ殿堂入りという結果へと導いてくれた読者のみなさまに心から感謝を。

鏡のなかに、どうかあなたの望む答えが見つかりますように。

裕夢

クス
続々
展開中!!
ドラマCD

メディアミッ
コミカライズ
千歳くんはラムネ瓶のなか
1
コミックス1〜5巻、好評発売中!!
マンガUP!にて、好評連載中!!
(スクウェア・エニックス)
漫画／ボブキャ 原作／裕夢
キャラクター原案／raemz

チラムネ、W特装版
5
千歳くんはラムネ瓶のなか
SS冊子付き特装版
裕夢
GAGAGA
SS冊子付き特装版
◆raemz 先生描き下ろしカバー
◆公開済みのショートストーリー
に加え、書き下ろし掌編を収録
◆裕夢先生による各巻SSコメント
◆ヒロイン'S プロフィール
価格：1430円（税込）

好評発売中!
全国書店にて
ラフイラスト集付き
特装版
◆raemz 先生描き下ろし
カバー
◆初期のキャラデザ案を網羅
◆カバー案、未使用ラフをここ
だけで公開
◆豪華ゲストイラスト
（フライ、U35、Nagu）
価格：1870円（税込）
8
千歳くんはラムネ瓶のなか
ラフイラスト集付き特装版

やはり俺の青春ラブコメはまちがっている。

著／渡 航

イラスト／ぽんかん⑧
定価：本体600円＋税

友情も恋愛もくだらないとのたまうひねくれ男・八幡が連れてこられたのは学園一の美少女・雪乃が所属する「奉仕部」。もしかしてこれはラブコメの予感!?……のはずが、待ち構えるのは嘘だらけで間違った青春模様！

GAGAGAGAGAGAGAGAGAGAGAGA

弱キャラ友崎くん Lv.1

著／屋久ユウキ

イラスト／フライ
定価：本体 630 円＋税

人生はクソゲー。俺はこの言葉を信条に生きている……はずだった。
生まれついての強キャラ、学園のパーフェクトヒロイン・日南葵と会うまでは！
リアル弱キャラが挑む人生攻略論ただし美少女指南つき！

ガガガ文庫6月刊

彼とカノジョの事業戦略(ビジネスプラン) ～"友達"の売り方、教えます。～

著／初鹿野(はじかの) 創(そう)

イラスト／夏(なつ)ハル

『"ビジネス"は世界を描き替えるツールだ』WBFには若き天才経営者が集う。環伊那もそこに挑む一人だ。金髪、巨乳、明るい笑顔の経営初心者。彼女と組むのは、天才コンサル真琴成。「ビジネス頭脳バトル」開幕!

ISBN978-4-09-453127-5 (ガは8-7)　定価836円 (税込)

千歳くんはラムネ瓶のなか8

著／裕夢(ひろむ)

イラスト／raemz(レームズ)

無色の9月が終わり、朱々しい10月が巡る。七瀬悠月は望紅葉と対峙する。研ぎ澄まされた覚悟に敬意を込めて。今度こそ、愛しい月を撃ち落とすために。夜の感傷に身を浸し――七瀬悠月という女が、ついにベールを脱ぐ。

ISBN978-4-09-453126-8 (ガひ5-9)　定価979円 (税込)

千歳くんはラムネ瓶のなか8 ラフイラスト集付き特装版

著／裕夢(ひろむ)

イラスト／raemz(レームズ)

raemz描き下ろしカバーをつけた8巻に、初期のキャラデ、ゲストイラストなどを掲載したミニイラスト集を同梱。チラムネファン待望のイラスト集付き特装版!

ISBN978-4-09-453132-9 (ガひ5-9)　定価1,870円 (税込)

出会ってひと突きで絶頂除霊!10

著／赤城大空(あかぎひろたか)

イラスト／魔太郎(またろう)

古屋晴久はある朝目を覚ますと、同級生の女子である宗谷美咲の子宮の中にいた。衝撃を受ける晴久たちの前に、呪殺法師を名乗る女が現れて――?　産まれるが先か、祓うが先か。トンデモ怪異、"処女懐胎"編!!

ISBN978-4-09-453128-2 (ガあ11-29)　定価858円 (税込)

貘(バク)3 ―夢と現実の境界―

著／長月東葭(ながつきとうか)

イラスト／daichi(ダイチ)

仲間との出会い、貘としての過酷な戦いを乗り越え、現実で居場所を手に入れたトウヤ。しかし、彼を待ち受けていたのは大いなる喪失だった。夢と現実の境界に全ての因縁が収束する時、トウヤは最後の敵と相見える。

ISBN978-4-09-453130-5 (ガな10-3)　定価979円 (税込)

ママ友と育てるラブコメ3

著／緒二葉(おにば)

イラスト／いちかわはる

響汰は澄に対して、ママ友とは違う特別な感情を抱いていることを自覚する。だが、その心の形に「恋」なんて安直な名前はつけられない。悩み、迷い、そして決意を固める。来る二人きりの、夏祭りデートへ向けて――。

ISBN978-4-09-453129-9 (ガお10-3)　定価814円 (税込)

霊能探偵・藤咲藤花は人の惨劇を嗤わない4

著／綾里(あやさと)けいし

イラスト／生川(なまかわ)

「神様」という名の怪物は暴走を開始。混乱した世界はやがて藤花と朔をも呑み込み、破滅へと突き進む。世界を救う手立ては神殺しのみ――。「かみさま」になりそこねた少女とその従者の物語は、ここに終演を迎える。

ISBN978-4-09-453131-2 (ガあ17-4)　定価792円 (税込)

GAGAGA

ガガガ文庫

千歳くんはラムネ瓶のなか８
ラフイラスト集付き特装版

裕夢

発行　2023年6月25日　初版第1刷発行

発行人　鳥光 裕

編集人　星野博規

編集　岩浅健太郎

発行所　株式会社小学館
〒101-8001 東京都千代田区一ツ橋2-3-1
［編集］03-3230-9343　［販売］03-5281-3556

カバー印刷　株式会社美松堂

印刷・製本　図書印刷株式会社

Printed in Japan　ISBN978-4-09-453132-9

第18回小学館ライトノベル大賞
応募要項!!!!!!!!!!!!!

ゲスト審査員は宇佐

（プロデューサー、株式会社グッドスマイルカンパニー

大賞：200万円＆デビュー確約
ガガガ賞：100万円＆デビュー確約
優秀賞：50万円＆デビュー確約
審査員特別賞：50万円＆デビュー確約

第一次審査通過者全員に、評価シート＆寸評をお送りします

内容 ビジュアルが付くことを意識した、エンターテインメント小説であること。ファンタジー、ミステリー、恋愛、ＳＦなどジャンルは不問。商業的に未発表作品であること。
（同人誌や営利目的でない個人のWEB上での作品掲載は可。その場合は同人誌名またはサイト名を明記のこと）

選考 ガガガ文庫編集部＋ゲスト審査員 宇佐義大

資格 プロ・アマ・年齢不問

原稿枚数 ワープロ原稿の規定書式【１枚に42字×34行、縦書き】で、70～150枚。

締め切り 2023年9月末日（当日消印有効）
※Web投稿は日付変更までにアップロード完了。

発表 2024年３月刊『ガ報』、及びガガガ文庫公式WEBサイト GAGAGA WIREにて

紙での応募 次の3点を番号順に重ね合わせ、右上をクリップ等（※紐は不可）で綴じて送ってください。※手書き原稿での応募は不可。

① 作品タイトル、原稿枚数、郵便番号、住所、氏名（本名、ペンネーム使用の場合はペンネームも併記）、年齢、略歴、電話番号の順に明記した紙
② 800字以内であらすじ
③ 応募作品（必ずページ順に番号をふること）

応募先 〒101-8001 東京都千代田区一ツ橋 2-3-1
小学館　第四コミック局　ライトノベル大賞係

Webでの応募 ガガガ文庫公式WEBサイト GAGAGA WIREの小学館ライトノベル大賞ページから専用の作品投稿フォームにアクセス、必要情報を入力の上、ご応募ください。
※データ形式は、テキスト（txt）、ワード（doc、docx）のみとなります。
※Webと郵送で同一作品の応募はしないようにしてください。
※同一回の応募において、改稿版を含め同じ作品は一度しか投稿できません。よく推敲の上、アップロードください。

注意 ○応募作品は返却致しません。○選考に関するお問い合わせには応じられません。○二重投稿作品はいっさい受け付けません。○受賞作品の出版権及び映像化、コミック化、ゲーム化などの二次使用権はすべて小学館に帰属します。別途、規定の印税をお支払いいたします。○応募された方の個人情報は、本大賞以外の目的に利用することはありません。○事故防止の観点から、追跡サービス等が可能な配送方法を利用されることをおすすめします。○作品を複数応募する場合は、一作品ごとに別々の封筒に入れてご応募ください。